L'hospice des Bermudes

Coralie Ebert

L'hospice des Bermudes

Science-Fiction

© 2021 Coralie Ebert

Éditeur : BoD-Books on Demand
12-14 rond-point des Champs-Élysées, 75008 Paris
Impression : Books on Demand, Norderstedt, Allemagne

Illustration : Wyndagger (wyndagger@gmail.com)

ISBN : 978-2-3222-6696-8
Dépot légal : Mars 2021

PROLOGUE

Elle n'a beau être enceinte que de huit mois, Liliane sent que le moment approche. Son ventre devient chaque jour un peu plus lourd, les tiraillements au bas de son dos se font de plus en plus pressants. À chacun de ses pas, la jeune femme peut sentir la tête de son futur rejeton qui presse sur son entrejambe. Pour Liliane, aucun doute ne subsiste : il est temps. Elle a donc décidé de se rendre j'ai la guérisseuse, pour qu'elle lui confirme ses soupçons. Cette vieille sorcière qui l'a elle-même mise au monde a toute sa confiance.

Liliane parcourt les ruelles sales et mal éclairées aussi vite que son gros ventre le lui permet. Elle porte l'argent pour la guérisseuse et ne tient pas à risquer de se le faire prendre. Ce maigre pécule représente toutes les économies de la famille. Elle aurait préféré que son mari l'accompagne, mais il est comme à son habitude retenu dans les mines. Il ne rentrera que tard dans le taudis qui leur sert de maison. À une heure bien trop tardive pour aller frapper à la porte de la vieille femme.

Quand au détour d'une ruelle encore plus lugubre et nauséabonde que les autres, Liliane voit apparaître la hutte de la guérisseuse, elle en ressent un soulagement certain. Elle franchit le seuil de la porte inexistante et pénètre dans la bâtisse.

Assise à même le sol, dans l'un des coins les plus sombres de la pièce, la guérisseuse l'attend. Son visage sans âge ne semble pas être surpris de la voir, comme si elle avait lu dans l'épais tapis de poussière sa venue. D'aussi loin qu'elle se souvienne, Liliane a toujours été impressionnée par la sagesse qui émane de la vieille femme. Celle-ci se met rapidement au travail et examine Liliane de ses mains habiles, qui ont mis au monde un nombre incalculable d'enfants. Elle confirme ce dont Liliane se doutait : « C'est pour bientôt ». Un poids quitte les épaules de la jeune femme, mais une question lui taraude l'esprit. Une question à laquelle la guérisseuse répond sans même qu'elle ait besoin de la formuler :

— C'est une fille. Aucun doute à ce sujet. La forme du ventre est sans équivoque. Et elle a l'air énergique, ajoute-t-elle sans doute en référence aux coups de pied qu'elle n'a eu de cesse de donner pendant l'examen. Elle sera en bonne santé.

Liliane est obligée de retenir des larmes de joie. Une deuxième fille … Elle l'avait espérée tellement fort, mais sans réellement y croire. Elle ne sait pas comment elle aurait réagi si cela avait été un garçon. Risquer sa vie pour le mettre au monde, l'élever, lui prodiguer de l'amour, se priver pour pouvoir le nourrir et tout cela pour quoi ? Pour devoir l'envoyer à ses douze ans travailler dans les mines, le regardant partir chaque jour avec anxiété et redoutant le moment où le Mal qui rôde dans les profondeurs des souterrains choisira de lui enlever sa progéniture. Cela serait au-dessus de ses forces. Liliane a toujours été sensible. Elle sait qu'elle ne peut pas se permettre de mettre un garçon au monde dans de telles conditions. Cela la détruirait de l'intérieur, elle en est sûre. Mais la guérisseuse ne s'est jamais trompée jusqu'à présent, tout le monde le dit. Aussi, Liliane n'a aucune raison d'avoir peur.

Les semaines passent, et Liliane n'accouche pas. Elle se sent de plus en plus lourde et gonflée et les contractions se font chaque jour plus fréquentes et plus douloureuses. Pourtant, le nourrisson ne semble pas pressé de venir au monde. Quand on sait que la famille Sum habite au niveau -100, l'étage le plus profond et le plus pauvre de la planète, on peut le comprendre. Mais Liliane commence à s'inquiéter. Si la guérisseuse s'est trompée sur la date d'arrivée du bébé, peut-être s'est-elle également fourvoyée sur le sexe de ce dernier ? Chaque jour qui passe renforce l'angoisse de la future mère.

À presque dix mois de grossesse, alors que Liliane a cessé de croire qu'elle allait un jour accoucher, de violentes contractions la réveillent au beau milieu de la nuit. Son instinct maternel lui dit que le moment tant attendu est enfin arrivé. Son mari l'accompagne chez la guérisseuse avec sa fille aînée et les laisse là. Il doit bientôt partir travailler. Point de congé quand on est un mineur du niveau -100. Et, de toute façon, l'accouchement est une histoire de femmes dans laquelle les hommes n'ont pas leur place.

Contrairement à ce que Liliane avait vécu pour Léa, ce second travail s'avère long et laborieux. Mais elle ressent une extase à nulle autre pareille au moment de la délivrance finale. Emplie d'une immense joie, elle tend les bras pour accueillir son nourrisson, puis plonge son regard dans les yeux de sa progéniture et éprouve, pour un bref instant, l'impression de s'y perdre. Les paroles de la guérisseuse la ramènent à la réalité :

— Félicitations ! C'est un très beau garçon ...

Liliane baisse les yeux et remarque alors la présence de certains attributs entre les jambes qui ne laissaient planer aucun doute.

— Mais … Mais … Je … Je croyais que c'était une fille.

— C'est ce que je pensais. Mais il ne s'agit pas là d'une science exacte. L'essentiel est que vous ayez tous les deux réussi à survivre à l'accouchement. C'est une chance que beaucoup de femmes n'ont pas.

Mais comment peut-elle parler de chance alors que le monde entier semble être sur le point de s'écrouler ? Quelque chose s'est brisé, et aucune parole ne pourrait atténuer la souffrance de cet instant. Liliane laisse ses bras qui entouraient l'enfant tomber sur le côté de son corps et elle le laisse là. Le nouveau-né ne comprend pas qu'on le rejette ainsi, lui qui a tellement besoin de sa mère, et il se met à pleurer. Mais Liliane n'entend même pas les cris désespérés du pauvre enfant. La guérisseuse ne s'émeut pas de la situation. Elle comprend parfaitement la mère. Après tout, elle-même a vu ses deux fils succomber au Mal. Et puis, de telles situations se produisent quasi quotidiennement.

Seule Léa décide de s'approcher de la masse hurlante pour tenter de la calmer. Mais elle n'y parvient pas. Le petit bébé a besoin du sein et du contact maternel, non de sa grande sœur. La petite fille le délaisse donc rapidement. Et les cris du nouveau-né tombent dans l'oubli.

Au bout d'un moment, la guérisseuse part rejoindre Liliane, qui attend dehors dans la ruelle sale que la douleur passe. La vieille femme lui fait signe de rentrer à l'intérieur. Elle lui montre la masse hurlante et lui dit qu'il lui faut nommer l'enfant. La tradition l'exige.

Mais Liliane refuse de s'y soumettre. Pourquoi un condamné aurait-il besoin d'un prénom ? Et c'est donc accompagné d'un petit garçon sans nom que Liliane regagne le domicile familial.

C H A P I T R E   1

Du haut de ses onze ans et onze mois, le petit garçon sait qu'il est l'heure pour lui de rentrer à la maison. Sa mère doit presque avoir fini de préparer à dîner et elle va une fois de plus lui reprocher de ne pas l'avoir aidée. Pourtant, il n'arrive pas à s'y résoudre. Il ne se sent pas prêt à affronter la fureur maternelle qui se déclenchera sans faute quand cette dernière verra l'état de son pauvre pantalon. C'était le dernier qui n'était pas déchiré, songe-t-il avec regret en contemplant le trou béant au niveau du genou. Il s'en veut un peu, même s'il sait que ce n'est pas sa faute. C'est celle de ce pauvre chaton qui s'est retrouvé coincé sur le toit de l'une des maisons. Il criait désespérément et les passants vaquaient à leurs occupations sans même lui accorder un regard. Il ne pouvait tout de même pas l'abandonner à son triste sort comme le suggérait son copain Matéo, n'est-ce pas ? Mais il sait que ce n'est pas le genre d'arguments que sa mère acceptera.

Comme il s'y attendait, sa mère est en colère. Pas pour l'état de son pantalon, non. Elle ne semble même pas l'avoir remarqué. Il faut dire que, comme toujours, elle évite autant que possible de le regarder, comme s'il lui inspirait un certain dégoût. Non, elle est énervée, car elle estime qu'il devrait rester à la maison pour l'aider au lieu de traîner avec ses copains, ces « criminels en sursis » comme elle aime à les appeler. Le petit garçon trouve cette accusation particulièrement injuste. Quand il est à la maison, elle n'a de cesse de se plaindre qu'il traîne dans ses jambes. Et puis, comme tout le monde le sait, les tâches ménagères sont un travail de fille. Si elle avait vraiment besoin d'aide, elle devrait plutôt demander à ses sœurs, Léa et Rayna, qui sont en train de jouer tranquillement sur l'unique lit dans un coin de la pièce, prétendant ne rien entendre de cette conversation. Mais le petit garçon s'abstient de lui en faire la remarque. Il sait qu'il s'agit là d'un terrain glissant. Il préfère souligner l'évidence :

— De toute façon, dans moins de deux semaines, j'irais travailler dans les mines avec papa. Je ramènerais de l'argent à la maison, plein d'argent, et je n'aurais pas le temps pour faire le ménage.

C'en est trop pour Liliane qui éclate en sanglots. Elle fait de son mieux pour oublier l'entrée imminente de son fils dans les mines, pour essayer de ne pas penser au Mal qui risque de le lui prendre. Et voilà qu'il le lui jette en pleine figure, sans aucune considération. Si seulement il pouvait accepter de l'accompagner dans son travail de femme de ménage, peut-être pourrait-il réussir à gagner ainsi sa vie ? Peut-être n'aurait-il pas besoin de descendre dans les souterrains laissés par les anciens ?

Liliane fait part à son fils de son plan secret à son égard. Mais cela n'a pas l'effet escompté. Le petit garçon rêve de pouvoir accompagner son père dans les mines depuis un moment déjà. Il compte avec impatience les jours qui le séparent de son douzième anniversaire. Il s'imagine en tant que héros, affrontant avec bravoure le Mal, le regardant droit dans les yeux sans éprouver la moindre peur et sortant vainqueur de cette confrontation pour rapporter le précieux uranium légué par les anciens.

Au moment où Bertrand, le mari de Liliane, rentre enfin au bercail, il est accueilli par des hurlements. Éreinté par sa journée passée au fin fond des mines, il ne se sent pas capable de prendre part à une énième dispute entre sa femme et son fils et tente donc de s'éclipser. Mais en vain. Sa femme le prend malgré lui à parti. Et le pauvre homme n'a pas d'autre choix que de s'asseoir et d'écouter patiemment ses arguments.

Pour une fois, il ne se range pas à l'avis de sa chère et tendre. Il sait que sa femme se fourvoie. Pour une famille de mineurs comme la leur, envoyer leur fils travailler aux mines pour leur douzième anniversaire est inévitable. Il est plus que temps qu'elle se fasse une raison. Et puis, il se remémore encore la fierté et le bonheur qu'il a ressentis lorsque, jeune enfant, il a été enfin autorisé à travailler au côté de son père. Les enfants ne travaillent que quelques heures par jour au début, et ils ne participent pas aux tâches les plus éreintantes ni les plus dangereuses. Il s'agit très certainement de la seule période appréciable dans la vie d'un mineur. Il ne peut tout de même pas refuser cela à son fils. Il comprend tout à fait l'impatience de ce dernier à faire son entrée dans le monde des adultes.

Les yeux emplis de joie, le garçon regarde son père prendre sa défense. Il se sent enfin compris et soutenu, chose qui ne lui était pas arrivée depuis longtemps. Sa mère, quant à elle, ne partage pas son enthousiasme. Même si elle sait au fond d'elle qu'il a raison, elle ne peut pas s'empêcher d'en vouloir à son mari de ne pas la soutenir dans ce moment difficile.

Un cri strident vient mettre fin à leur conversation. Suivi d'un deuxième, lorsque Liliane découvre le corps livide de Rayna, sa petite dernière, baignant dans une marre de sang. Elle la prend dans ses bras et reste là, ne sachant trop quoi faire de ce corps sans vie. Au bout d'un moment, sa fille reprend enfin connaissance. Elle se contente alors de regarder sa mère d'un air triste et s'excuse timidement d'avoir sali les draps. Liliane se demande comment elle a pu ne pas remarquer avant que sa fille avait perdu tant de poids et était dans un tel état de faiblesse. Elle se tourne vers son aînée et lui demande d'une voix anxieuse :

— Depuis combien de temps ?

— Je ne sais pas trop … Cela fait un moment qu'elle se plaignait d'être fatiguée et elle avait souvent envie de vomir. Mais à part ça, elle allait bien. Je le jure !

Liliane ne comprend pas pourquoi sa fille ne l'a pas prévenue avant. Mais, de toute façon, à quoi cela aurait-il servi ? La médecine coûte cher, ce qui rend tout traitement inaccessible à la grande majorité des habitants des étages inférieurs.

Le soir venu, une fois toute la famille endormie, Liliane soulève aussi silencieusement que possible la latte du parquet qui cache les économies du foyer. Elle compte et recompte l'argent. Elle a peur que cela ne suffise pas. Mais il le faudra bien. Si ça se trouve, cela ne lui coûtera qu'une partie de son pécule. Quel peut bien être le prix d'une visite chez le docteur ? Cinq, dix, quinze ans d'épargne ? Peu de monde des niveaux inférieurs, hormis les contremaîtres et les chefs d'équipes les plus performants, ne peuvent se permettre d'y aller. Aussi n'en a-t-elle pas la moindre idée.

Le lendemain matin, dès que Bertrand part rejoindre les mines, elle se dirige, Rayna sous le bras, en direction du centre médical. Elle n'a pas osé parler à son mari de son projet. Elle a trop peur que ce dernier ne s'y oppose. Un homme peut-il comprendre le cœur d'une mère qui essaye désespérément de sauver son enfant ?

Le bâtiment blanc aseptisé, dont l'éclat tranche avec la saleté environnante, l'intimide. Sa hauteur est elle aussi impressionnante. La tour la plus élevée semble percer le plafond et s'étendre dans les niveaux supérieurs. Peut-être est-ce d'ailleurs réellement le cas. L'emblème de la République, un phœnix renaissant de ses cendres, est apposé sur la façade. Liliane a des frissons rien qu'en le contemplant. Il est immense, plus grand qu'elle, et sa couleur flamboyante est tellement intense qu'on dirait qu'il va s'enflammer à chaque instant. En franchissant le seuil, elle a l'impression de pénétrer dans un autre monde. Elle reste un instant pétrifiée en face de l'hôtesse d'accueil, qui la dévisage d'un air hautain. Il lui faut un moment pour retrouver ses esprits et expliquer à son interlocutrice le but de sa visite.

— Vous comptez participer au programme au cas où votre fille serait positive ? Vous savez que si vous vous engagez à le faire, tous les examens seront intégralement pris en charge ...

Liliane s'empresse de refuser. La réponse de la femme se fait cinglante :

— Dans ce cas, l'examen médical complet coûte 5000 dinams. Vous avez de quoi payer ? Sinon, vous pouvez passer votre chemin, ce n'est pas un centre de charité ici.

Liliane déglutit difficilement. Elle n'a que 5200 dinams sur elle. Toutes les économies de la famille vont y passer. Mais la vie lui a appris que l'amour nécessite toujours des sacrifices. Elle pose donc les sous sur la table d'un air déterminé et part s'asseoir dans la salle attenante avec sa fille endormie dans les bras. L'attente lui semble interminable avant que le médecin ne daigne l'appeler. Ce dernier soumet Rayna à toutes sortes d'examens. Liliane est effrayée par les immenses machines, prêtes à engloutir son enfant. Mais Rayna fait preuve d'un courage à toute épreuve. Elle affronte tous ces monstres rugissants sans jamais montrer la moindre faiblesse. Même lorsque l'infirmière enfonce sans scrupule une aiguille dans son bras pour s'emparer de son fluide vital, elle ne bronche pas.

Une fois tous les examens finis, le médecin les renvoie dans la salle d'attente afin d'attendre les résultats. Puis, après ce qui semble être une éternité, il intime à Liliane de venir seule le rejoindre. L'air impassible, le médecin contemple un moment le visage éreinté de Liliane avant de prononcer :

— Je suis désolé, mais l'état de votre fille n'est malheureusement pas compatible avec la vie.

Liliane ne s'effondre pas en entendant cette nouvelle, comme l'on aurait pu s'y attendre. Elle n'a tout simplement pas réalisé le sens de ces paroles. À sa décharge, il faut dire qu'elle n'est pas habituée à l'usage de tels euphémismes.

— Mais elle ne va pas mourir, n'est-ce pas ?

Le médecin soupire avant d'ajouter :

— Votre fille est atteinte d'un cancer généralisé.

— Un cancer ? Qu'est-ce que cela veut dire ? Je n'ai jamais entendu parler d'une telle maladie …

Le médecin soupire une nouvelle fois devant la stupidité de la femme, avant d'expliquer :

— Je suis sûr que vous êtes très familière avec cette condition. Il s'agit de ce que les mineurs appellent communément le Mal.

— Le Mal ? Mais comment est-ce possible ? Le Mal vient des mines, tout le monde le sait. Et ma fille n'y a jamais mis les pieds, je vous l'assure. Vous devez vous tromper.

— Laissez-moi vous assurer qu'il n'y a absolument aucun lien entre les mines et le développement du cancer. Il ne s'agit là que d'une légende urbaine. Les gens à la surface souffrent également de cette maladie au même titre que les habitants du niveau -100. C'est même la cause de mortalité principale là-bas.

Cela est vrai, même si les cas de cancer à la surface sont nettement moins fréquents. Les propriétés carcinogènes de l'uranium sont connues depuis près de deux siècles. Mais penser qu'il suffit de ne pas entrer dans les mines pour ne pas en subir les effets est illusoire. La radioactivité est présente dans chacun des recoins du niveau -100. Le médecin le sait pertinemment. Malgré le traitement préventif qu'il prend chaque matin, il ne peut empêcher l'inquiétude de le gagner. C'est pour cette raison qu'il attend avec impatience son transfert, de préférence à la surface. Mais tout autre niveau serait préférable au niveau -100, le niveau le plus pauvre et le plus profond de la planète.

— Mais, du coup, elle ne va pas s'en sortir ?

Les larmes de Liliane tirent le médecin de sa rêverie.

— Je ne vous cache pas que ses chances de survie sont négligeables. À moins qu'elle ne bénéficie d'un traitement approprié, ce qui est malheureusement impossible ici.

Le médecin prend une grande inspiration avant de continuer :

— Je vois dans votre dossier que vous avez d'autres enfants …

Liliane n'aime pas la tournure des événements. Elle sait parfaitement ce que le médecin s'apprête à lui proposer. Elle ne se sent pas capable de prendre une telle décision. Mais elle se doit de lui répondre.

— Oui, effectivement, une fille et un garçon.

— Je ne sais pas si vous êtes au courant, mais, dans ce cas, votre fille peut bénéficier d'un programme du gouvernement qui lui permettra de recevoir des soins dans l'un des meilleurs hôpitaux à la surface. Ses chances de rémission seraient excellentes ! Et …

Liliane ne tient pas à en entendre davantage et le coupe dans son élan :

— Je connais fort bien le programme dont vous parlez et je ne suis pas intéressée.

Les yeux emplis de larmes, elle repousse la chaise brutalement en arrière en se levant, tourne les talons et sort de la salle, essayant de ne pas laisser paraître la confusion qui règne dans son esprit.

Après avoir quitté le centre médical, Rayna se tourne vers sa mère et lui demande, les yeux pleins d'espoir :

— Alors, qu'est-ce que le médecin a dit ? Je vais guérir ?

Liliane ne se sent pas de lui dire la vérité. Alors, elle lui promet qu'elle va se battre pour elle et que tout va s'arranger. Même si elle ignore comment un tel miracle pourrait se produire. Comme à son habitude, Bertrand rentre tard de son travail ce soir-là. Liliane a hâte de lui parler, elle a besoin de sentir le soutien de son mari. Mais elle sait qu'il lui faut attendre que les enfants soient couchés. Lorsqu'elle lui annonce enfin la nouvelle, il ne réagit pas de la manière qu'elle espérait. Il se contente de hocher tristement la tête, sans émettre la moindre syllabe. Mais que pourrait-il bien dire ? Nombre de ses collègues et amis ont succombé au Mal et il sait pertinemment qu'il n'y a rien à faire, aucun traitement, rien qui ne puisse la sauver.

— Aucun traitement ici, fait remarquer Liliane. Dans les hôpitaux de la surface, le Mal se soigne très bien. C'est ce qu'a dit le médecin quand il a alludé au programme.

— Tu as toujours été la première à critiquer le programme et les parents qui acceptaient d'en faire partie. Tu ne vas quand même pas changer d'avis maintenant ?

— Bien évidemment que non. L'initiative me répugne encore davantage maintenant. Je ne faisais que le mentionner, c'est tout. Rien de plus.

Mais Liliane ne peut pas s'empêcher de penser qu'il s'agit là de l'unique espoir pour Rayna, même si elle se force à repousser l'idée dans son subconscient.

Le lendemain, alors qu'elle s'apprête à partir travailler, elle entend quelqu'un frapper à la porte, bien qu'elle n'attendît personne. Elle ouvre et trouve sur son perron une femme d'une quarantaine d'années, à l'apparence impeccable. Pas une seule mèche ne s'échappe de ses cheveux bruns coupés aux carrés. Son uniforme bleu-marine paraît sortir tout droit du pressing et le moindre de ses gestes semble être orchestré pour inspirer la déférence.

— Qui êtes-vous ?

— Une représentante du gouvernement.

— Du gouvernement ? Vous êtes sûre de ne pas vous être trompée d'adresse ? lui demande Liliane un peu effrayée.

— Je vous assure que vous n'avez pas la moindre raison de vous inquiétez, soupire la représentante. Bien au contraire, je suis ici pour vous aider, vous et votre fille. La représentante force son passage dans le taudis sans attendre la moindre invitation. Liliane la laisse faire. Elle anticipait plus ou moins cette visite. Elle avait entendu des rumeurs à ce sujet. Mais elle ne pensait pas que cela serait si rapide. Elle jette un regard en coin à Rayna. Cette dernière est encore endormie et ne semble pas près de se réveiller. Le Mal l'épuise chaque jour un peu plus. Pour une fois, elle ne va pas s'en plaindre. Elle ne se serait pas vu avoir cette conversation en présence de sa fille ni l'envoyer dehors.

Sans y avoir été invitée, la représentante s'assoit sur l'une des seules chaises qui ornent la pièce. Avoir une femme d'une telle prestance ici, dans son appartement sale et lugubre, met Liliane extrêmement mal à l'aise. Mais son interlocutrice ne semble pas s'en émouvoir. Elle se met à lui expliquer patiemment le but de sa visite. Liliane lui répond aussi poliment que possible que ni son mari ni elle ne sont intéressés par le programme et qu'elle ne tient pas à lui faire perdre son temps. Il serait donc préférable qu'elle retourne chez elle. La représentante ne s'exécute pas pour autant. Il faut dire qu'elle a l'habitude. Cette réaction est commune parmi les habitants du niveau -100, mais même les plus réfractaires finissent toujours par se ranger à ses arguments. Cette pauvre femme ne fera pas exception. Et, effectivement, à mesure qu'elle martèle ses arguments, elle sent Liliane changer de bord petit à petit. La stratégie est implacable et fait mouche quasiment à tous les coups. Alors qu'elle sent la pauvre femme hésiter, elle avance l'ultime argument, celui qui fait tout basculer :

— Est-ce que vous êtes consciente du fait qu'en refusant l'offre du gouvernement, ce n'est pas seulement Rayna que vous condamnez, mais aussi vos deux autres enfants ? Pour le moment, elle est la seule à présenter des symptômes. Mais combien de temps pensez-vous que cela va durer ? Vous êtes né ici, vous avez grandi ici, vous savez donc parfaitement que le Mal rôde partout au niveau -100. Et même s'ils parviennent par miracle à y échapper, quel avenir pensez-vous qu'ils auront, ici, dans les profondeurs de la planète ? Votre fils rejoindra bientôt les mines, et il y travaillera jusqu'à ce qu'il rende son dernier souffle. Quant à Léa, ses perspectives ne valent guère mieux. Elle se mariera très certainement à un mineur et vivra le reste de sa vie dans la pauvreté. Elle regardera ses enfants et son mari succomber les uns après les autres au Mal sans rien pouvoir y faire. Si vous aimez vos enfants un tant soit peu, je vous en conjure : signez le contrat. C'est la seule chose à faire pour sauver votre famille. Rayna sera soignée. Un autre de vos enfants pourra aller à l'école, apprendre à lire et à écrire. Et qui sait ? Peut-être pourra-t-il même aller à l'université et devenir docteur ou avocat.

Liliane est conquise. Surtout lorsque la représentante lui montre les photos. L'hôpital où la famille serait envoyée est magnifique, le personnel paraît accueillant et chaleureux.

Liliane est sur le point de se laisser convaincre. Même si une ombre plane toujours sur son esprit : le tristement fameux département des expérimentations scientifiques. Au moment où elle s'apprête à interroger davantage la représentante, Rayna se réveille et est prise d'une violente quinte de toux. Une fois de plus, ses mains sont recouvertes de sang. Tout en se précipitant vers sa fille, Liliane sait qu'elle ne pourra pas poser la question qui lui brûle les lèvres. Elle a trop peur de connaître la réponse.

Il lui reste bien évidemment à convaincre son mari. Mais elle ne s'inquiète pas outre mesure. Ce dernier n'a jamais su lui résister. Et, effectivement. Malgré sa réluctance, Bertrand finit par se ranger à l'avis de sa femme. Plus par habitude que par réelle conviction. Liliane ne parvient pas à lui en être reconnaissante. Surtout lorsque son fils, qui avait une fois de plus écouté aux portes, déboule dans la pièce et la supplie de changer d'avis. Bertrand se contente de lui adresser un regard accusateur et juge préférable de quitter la pièce. Liliane se retrouve donc seule pour affronter les pleurs de son fils.

Et c'est également seule qu'elle part signer les papiers au bureau du gouvernement et s'occuper de toutes les procédures administratives. En rendant les documents, elle sent le regard méprisant que lui lance la secrétaire. « Elle ne peut pas comprendre », se dit Liliane pour se rassurer. Elle a certainement un bon salaire et n'a pas une enfant malade à s'occuper.

Quand vient l'heure de partir, toute la famille se dirige gaiement vers l'ascenseur. Pour la première fois de leur vie, ils auront enfin l'occasion de découvrir la surface de la planète. Dans cette société où le système de castes est si fortement ancré et tellement rigide, prendre l'ascenseur pour changer de niveau est quelque chose de tout à fait exceptionnel. Surtout quand l'on vient du niveau -100. Seul le petit garçon ne semble pas partager l'euphorie générale et les suit en traînant les pieds. La petite troupe s'attendait à une effusion de larmes et de joie au moment de leur grand départ, mais personne, ni ami ni proche, n'est venu leur dire au revoir. Peut-être par jalousie. C'est ce dont essaye de se convaincre Liliane, qui préfère ne pas considérer l'alternative : la condamnation que pourrait signifier leur absence.

Seul le maire de la ville les accompagne. Non pas par amitié. Mais simplement car il s'agit là de l'une de ses prérogatives. Une obligation dont il se serait bien passé. Mais c'est tout de même préférable à devoir travailler dans les mines. En s'efforçant de ne pas croiser le regard du petit garçon, le maire enclenche l'ascenseur. Toute la famille regarde avec excitation, mêlée d'une pointe d'appréhension, les niveaux qui défilent. Puis l'ascenseur s'arrête. Tout ce petit monde est ensuite conduit vers l'hospice des Bermudes, leur destination finale. Au cours de ce long périple, Liliane a tout le temps de penser à l'avenir de la famille, qui repose désormais sur les épaules du petit garçon. C'est grâce à lui que la petite famille va pouvoir habiter à la surface de la Terre. Et c'est aussi grâce à lui que Rayna bénéficiera des soins dont elle a tant besoin. Mais Liliane ne parvient pas à lui en être reconnaissante. Après tout, il fait tout pour tenter de la faire culpabiliser, comme si elle était un monstre sans cœur. Pense-t-il vraiment qu'un avenir de mineur soit préférable à ce qui l'attend ?

C H A P I T R E 2

— Sophie, Sophie, réveille-toi ! crie Anna tout en secouant sa camarade de chambre.

Sophie émerge enfin de son sommeil de plomb. L'esprit encore embué, elle regarde sa meilleure amie tout en se demandant pourquoi cette dernière l'a tirée ainsi de son lit.

— Aujourd'hui est un grand jour. Nous affrontons l'équipe du lycée de Saint-Leur, nos principaux rivaux, et il est hors de question que nous perdions juste parce que notre capitaine a eu la flemme de se lever.

Ce monologue suffit à faire revenir Sophie à ses esprits. Le match … Elle est tellement fatiguée ces derniers temps qu'elle l'avait presque oublié. Entre les entraînements, les week-ends passés à parcourir le continent pour affronter les autres lycées, les cours et sa place au sein du conseil des élèves, Sophie n'a pas une minute à elle. Le surmenage de ces derniers temps commence à se faire sentir durement. Mais Sophie sait qu'elle ne peut se permettre de craquer maintenant, si près du but. La finale des championnats inter-lycées est proche et il lui faut tenir jusque-là. Aussi, elle se force à prendre sur elle et se prépare en quatrième vitesse pour aller à l'entraînement.

Mais ses efforts ne sont guère récompensés. Sophie et Anna sont accueillies par le regard noir de leur coach, Laetitia Vermont, qui leur intime de rejoindre l'équipe sans plus tarder. Toutes les filles sont déjà en place. Il ne manquait plus que la capitaine et la vice-capitaine. Sophie file se mettre en position au pas de course et se contente de saluer ses camarades d'un simple hochement de tête.

Pendant tout l'entraînement, Sophie a du mal à se concentrer. Ses jambes sont lourdes et ont du mal à maintenir le rythme effréné. Ses yeux se ferment tous seuls et elle ne parvient qu'avec peine à suivre la balle. Il lui arrive même, à son grand désarroi, de se tromper sur l'identité de la personne qui détient l'objet. Une erreur de débutante qui ne passe pas inaperçue aux yeux de la coach. Sophie n'est donc pas surprise lorsque cette dernière lui demande de la rejoindre dans son bureau après l'entraînement.

— Je peux savoir ce qui t'arrive ? hurle Laetitia en guise d'introduction.

Sophie tente de bafouiller une réponse, mais la coach ne lui laisse pas le temps de formuler correctement ses pitoyables excuses.

— Écoute, connaître les raisons de ton lamentable jeu de ce matin ne m'intéresse pas. La seule chose qui compte, c'est de gagner le match de ce soir. Et cela ne sera pas possible si la capitaine de l'équipe ne se ressaisit pas ! Alors, je vais te faire un mot d'excuse pour les cours. Tu vas prendre la journée, te reposer et être en pleine forme ce soir. C'est clair ?

Sophie se contente de hocher la tête. A peine allongée sur son lit, Sophie s'endort d'un sommeil de plomb et ne se réveille qu'au moment de partir pour le match.

Elle a beau avoir dormi une journée complète, la fatigue continue à se faire sentir. Mais, une fois sur le stade, au milieu de la foule en liesse, le surplus d'adrénaline lui confère les forces qui lui manquaient. Sophie se sent gagnée par une énergie nouvelle. Intraitable sur le terrain, elle humilie ses adversaires et malgré le haut niveau de l'équipe d'en face, le lycée de Sainte Croix remporte le match avec une avance considérable. Auteure de tous les buts de son équipe, Sophie est élue joueuse du match, une première dans l'histoire de lacrosse. Au moment où le match est terminé et où le verdict tombe, l'équipe et leurs supportrices sont en liesse. Seule Sophie, l'héroïne de la journée, ne parvient pas à se réjouir. La fatigue, qu'elle était parvenue jusqu'à présent à oublier, la rattrape et la submerge. Sophie sent ses pieds se défiler et le monde autour d'elle plonge dans les ténèbres. Elle n'entend même pas les cris d'Anna lorsqu'elle s'effondre à terre.

Quand Sophie reprend connaissance, une armée de visages inquiets l'entoure. Elle réalise très vite que ces derniers appartiennent aux membres de son équipe. Mais elle éprouve des difficultés à comprendre pourquoi des murs blancs ont soudain été érigés au beau milieu du stade. Anna met très vite fin à sa confusion :

— Tu nous as fait une de ses peurs après le match ! Personne n'a compris ce qui s'est passé … Tu semblais en pleine forme, tu venais de marquer le coup du siècle et tout d'un coup : pouf, tu t'es écroulé, comme ça, sans raison, au milieu de nulle part.

Sophie a à peine le temps d'intégrer l'information que les filles se mettent à la bombarder de questions. Elle n'arrive pas à maintenir le rythme effréné de la conversation et sa tête commence de nouveau à la faire souffrir. Une infirmière de passage dans le couloir met fin à son supplice et rappelle gentiment les filles à l'ordre en leur demandant de laisser la malade se reposer. Ces dernières s'exécutent

— Je repasse te voir très vite, dit Anna légèrement en retrait.

— D'accord, répond Sophie, persuadée que de toute façon elle sera sortie avant que sa meilleure amie n'ait eu le temps de tenir sa promesse.

Après avoir somnolé pendant une petite heure, Sophie retrouve la forme. Elle appelle l'infirmière pour lui demander la permission de sortir. Mais celle-ci est formelle : il lui faut attendre les résultats des examens sanguins et la visite du médecin.

— Tu n'as absolument pas à t'inquiéter, rajoute cette dernière. Il ne s'agit que du protocole pour ce genre de situation, voilà tout.

Pressée de rejoindre ses amies qui sont très certainement entrain de fêter la victoire, Sophie a du mal à comprendre pourquoi il lui faut rester ainsi alitée pour un simple surmenage. L'attente semble interminable. Aussi, lorsque le médecin se décide enfin à se montrer, à 23 heures passées, elle est plutôt irritable. Pendant un moment, elle a cru qu'elle allait devoir passer la nuit à l'infirmerie, perspective qui ne la réjouit guère. Sophie est donc ravie lorsqu'il lui annonce avoir reçu le résultat des examens. Elle ne cherche pas à savoir pourquoi il semble éreinté ni pourquoi il évite à tout prix de croiser son regard. À vrai dire, elle ne le remarque même pas. Ce n'est que lorsqu'il prononce le mot « leucémie » d'une voix tremblante, que Sophie redescend sur terre. La chute est rude pour elle. Sophie sait à quoi s'en tenir, même si pour elle il s'agit d'une affliction qui ne concerne que les habitants des niveaux souterrains. Elle ne comprend pas pourquoi cela lui arrive, à elle qui n'a jamais mis les pieds sous terre. La vie peut se montrer bien injuste … Le médecin tente de la rassurer, lui expliquant que cette maladie se soigne aujourd'hui très bien et que ses chances de survie sont excellentes. Mais Sophie ne parvient pas à s'en réjouir. Elle sait qu'elle ne pourra plus participer aux compétitions de lacrosse avant un moment, qu'elle devra certainement quitter le pensionnat. Elle avait enfin réussi à atteindre une certaine stabilité, à se faire des amies, et maintenant tout fiche le camp. Une fois le médecin parti, Sophie ferme les yeux et tente de s'imaginer qu'il ne s'agit là que d'un mauvais rêve. Peut-être que quand elle se réveillera, il n'en restera plus rien, rien qu'un lointain souvenir.

Sophie est tirée de son sommeil par la sonnerie d'un téléphone. L'infirmière lui passe le combiné et elle prend l'appareil de ses mains assoupies. Elle est surprise d'entendre la voix de sa mère au bout du fil. Depuis les cinq années qu'elle fréquente le pensionnat, c'est bien la première fois que sa génitrice l'appelle.

— Ma chérie, comment ça va ? Tu ne peux pas savoir à quel point ton père et moi sommes inquiets pour toi !

Il faut un moment à Sophie pour réaliser à quoi sa mère fait allusion. Sa mère s'élance ensuite dans un long monologue, lui expliquant en long et en large à quel point elle tient à elle et qu'elle est prête à tout pour sa fille. Sophie est étonnée de ce discours, la rareté de leurs interactions n'ayant pas laissé à penser à un lien si fort. Sa mère lui explique ensuite que son père s'est arrangé pour qu'elle soit envoyée à l'hospice des Bermudes, le meilleur hôpital du pays, dont la directrice n'est nulle autre que sa marraine. Là, Sophie ne peut s'empêcher de protester. Elle n'a pas envie de quitter le pensionnat et ses amies. Et puis, elle n'a pas l'impression que son état soit si grave que cela. Mais apparemment, les médecins sont formels. Sophie doit impérativement être hospitalisée si elle veut avoir une quelconque chance de guérison. Une fois de plus, la jeune adolescente voit le peu de contrôle qu'elle avait sur sa vie lui échapper. Et c'est les yeux emplis de larmes qu'elle tombe à nouveau dans un profond sommeil.

Le lendemain matin, Sophie est tirée des bras de Morphée par sa mère. Une situation qui ne s'était pas produite depuis … aussi longtemps qu'elle se souvienne. Bien que Sophie n'ait pas vu sa génitrice, Clémence Véritas, depuis un peu plus d'une année, cette dernière est fidèle à ses souvenirs. Un physique impeccable, une beauté froide et artificielle. Ses cheveux blond-platine dont le carré tombe parfaitement sur ses fines épaules ne peuvent laisser croire qu'il s'agisse là de leur éclat naturel et sa peau est trop tirée pour ne pas laisser deviner l'intervention d'un chirurgien de renom. Mais tout cela ne dérange aucunement Clémence. Au contraire, elle y voit là la preuve de son statut social supérieur, quelque chose qui fait sa fierté et qu'elle n'a pas la moindre intention de cacher.

Après s'être épandue en lamentations, avec des effusions de sentiment qui ont laissées Sophie bouche bée, Clémence intime gentiment à sa fille l'ordre de se préparer. Elles sont déjà en retard et Clémence n'a aucune envie de faire attendre Diane Fontaine, son amie d'enfance et directrice de l'hôpital. Sophie ne peut s'empêcher de protester.

— Maman, tu ne peux quand même pas t'attendre à ce que je parte comme ça ! Si tu voyais la tonne d'affaires que j'ai dans ma chambre … Même si l'on s'y met à deux, je pense bien qu'il nous faudra y consacrer tout l'après-midi.

— Les servantes qui travaillent en ce lieu peuvent très bien s'en charger et te les faire parvenir par la suite. Au prix où l'on paye cet endroit, c'est quand même la moindre des choses.

Sa mère soupire avant de reprendre :

— Sophie, s'il-te plaît, tâche de te montrer un peu raisonnable. Tu as rendez-vous avec l'un des plus illustres professeurs de l'hôpital dans deux heures, ce qui est à peu près le temps du trajet.

— Je ne vais tout de même pas partir comme une voleuse, sans dire au revoir à qui que ce soit !

— Je suis persuadée que tes amies comprendront parfaitement. Tu les appelleras plus tard. C'est bien à cela que servent les téléphones, non ?

Sophie n'a donc pas d'autre choix que de se diriger vers la limousine sans pouvoir faire ses adieux. Et le plus difficile est que tout s'est enchainé si vite que Anna, sa meilleure amie de toujours, n'a même pas pu tenir sa promesse de revenir la voir. Sa mère, quant à elle, ne semble pas partager sa tristesse. Sophie a beau scruter son visage, elle ne parvient pas à y déceler la moindre trace d'inquiétude. Sophie a même du mal à savoir si sa maladie n'est pas juste un prétexte pour sa mère pour revoir son amie d'enfance, comme ses paroles le laissent à penser.

— Tu te rends compte que je ne l'ai pas vue depuis une éternité, dit-elle ! Bon, d'accord, on se parle quand même parfois au téléphone … Mais ce n'est pas la même chose que de se voir en chair et en os. Pourtant, il fut un temps où nous étions les meilleures amies du monde … Mais, à chaque fois que je lui propose de venir me rendre visite ou de partir en vacances ensemble, elle a toujours une bonne excuse. Un rendez-vous important, une conférence ou encore des problèmes à l'hôpital et j'en passe. Pour un peu, je croirais qu'elle cherche à m'éviter !

— J'imagine qu'être la directrice du plus important hôpital du pays ne doit pas être un travail de tout repos, compatit Sophie.

— Je sais, je sais, lui répond sa mère.
Sophie ne peut s'empêcher de se demander ce que sa génitrice, qui n'a pas travaillé un seul jour dans sa vie, peut bien en savoir.

— Mais quand même, continue Clémence, je pense que Diane aurait pu faire l'effort de dégager un peu son emploi du temps. Tu te rends compte que la dernière fois que nous nous sommes vus, tu n'étais qu'un bébé et Julia était encore en vie !

— Julia ? Qui c'est Julia ? demande Sophie.

Sophie a entendu parler de toutes les très (trop) nombreuses amies de sa mère, mais jamais d'une quelconque Julia.

— Julia, la fille de Diane. De qui d'autre voudrais-tu qu'il s'agisse ?

Sophie en reste bouche bée. Elle n'a jamais entendu mentionner que sa marraine ait eu la moindre aventure amoureuse. Alors un enfant … Et puis, cela ne cadre pas avec l'image qu'elle se fait de Diane : celle d'une femme forte, indépendante, qui ne compte sur personne et pour qui rien n'existe mis à part son travail. Elle n'a pas le profil d'une mère de famille.

— Diane a eu une fille ? Je n'étais pas au courant … Qui est le père ?

— Enfin, Sophie, ce n'est pas possible. J'ai déjà dû te parler de Julia …

— Non, il ne me semble pas.

— Ou au moins de Charles, le mari de Diane …

— Non plus.

— Vraiment ?

La mère de Sophie paraît étonnée de cet oubli. Pourtant, au vu de la rareté des conversations qu'elle entretient avec sa fille, cela n'a rien de surprenant. Elle semble songeuse, perdue dans ses pensées. Mais Sophie n'a pas la patience d'attendre qu'elle regagne ses esprits. De tous les commérages que sa mère a pu lui raconter au fil des ans, c'est là le premier qui éveille son intérêt.

— Que s'est-il passé entre Diane et son mari ? Ils ont divorcé ?

Sophie est familière avec la notion, bien qu'elle n'ait jamais entendu parler d'un couple qui se soit séparé. Ce n'est pas là quelque chose qui se fait dans leur milieu. Les membres des hautes sphères de la société se doivent d'être irréprochables.

Il n'en faut pas plus à Clémence pour qu'elle se lance dans une longue tirade, racontant dans les moindres détails l'incroyable histoire qui s'est déroulée quatorze ans auparavant.

Diane et Clémence ont été élevées ensemble, presque comme des sœurs. Elles habitaient l'une à côté de l'autre. Leurs pères étaient des associés, leurs mères des amies d'enfance. Elles ont fréquenté les mêmes écoles, partaient ensemble en week-end et en vacances et se retrouvaient le soir lors des visites quotidiennes que se rendaient leurs mères. Le destin a en quelque sorte forcé leur amitié. Mais ni Diane ni Clémence ne s'en plaignaient. Cela n'a pas changé, même lorsque, en grandissant, les centres d'intérêt des deux jeunes filles ont commencé à diverger. Clémence, comme le reste de leur cercle d'amies, aimait à sortir et s'amuser. Elle prenait soin de son apparence, passait un temps fou à choisir ses tenues, à se maquiller et se plaisait à collectionner les attentions du genre opposé. Elle était belle et le savait. Une connaissance qui échappait totalement à Diane. Bien que possédant un physique plutôt avantageux, cette dernière semblait effectivement l'ignorer. L'adolescente était mal dans sa peau et vivait dans l'ombre de son amie. Elle ne se mettait pas en valeur et ne remarquait pas les regards des garçons qui se portaient sur elle. Fort heureusement d'ailleurs, car ces derniers la mettaient assez mal à l'aise. Elle ne se sentait bien que dans ses études, un domaine où, contrairement à son amie, elle excellait. Alors, elle s'y est consacrée à fond, et a entrepris des études de médecine dans la meilleure faculté du pays. Elle y a rencontré Charles de la Cour, un jeune homme brillant, au physique avantageux, et issu de l'une des plus prestigieuses familles. Comme toutes les filles de leur promotion, Diane est immédiatement tombée sous son charme. Mais, contrairement à toutes les autres prétendantes, elle a eu l'honneur de recevoir les attentions du garçon. Ils ont commencé à se fréquenter. Ils sont tombés amoureux. Et peu de temps après, Diane est tombée enceinte de Julia. Un malencontreux accident. Mais Charles a assumé ses responsabilités et le jeune couple s'est marié. Julia est née et elle très vite devenue le centre du monde de sa mère : cette dernière n'avait d'yeux que pour sa fille. Chose qui ne l'a pas empêchée de finir brillamment ses études de médecine.

À la fin de leurs études, Charles et Diane ont tous deux obtenu une position à l'hospice des Bermudes. Charles a très vite gravi les échelons et est devenu directeur de l'hôpital. Diane, quant à elle, a préféré consacrer tout son temps et son énergie à sa fille et ne s'est aucunement souciée de l'évolution de sa carrière professionnelle.

Pendant ce temps, Clémence menait une vie à cent à l'heure, à mille lieues de l'existence calme et tranquille de son amie d'enfance. Elle enchaînait les aventures sans lendemain, les séjours dans de somptueuses résidences à l'étranger en compagnie de son amoureux du moment et les réceptions mondaines. Elle y croisait régulièrement Charles qui, sous prétexte de dîners d'affaire, en profitait pour tromper ouvertement sa femme. Clémence n'a jamais trouvé le courage d'aborder le sujet avec son amie d'enfance et elle s'en est longtemps voulu. Bien que les deux amies menaient des vies très différentes et qu'elles se voyaient rarement, Diane a toujours conservé une place spéciale dans le cœur de Clémence. Alors qu'elle s'était enfin décidée à avertir son amie des infidélités de son mari, elle a commencé à fréquenter Armand Veritas, le meilleur ami de Charles et le ministre de la Santé, qui l'a convaincue d'attendre pour lui en parler. Puis, Armand et Clémence se sont mariés et elle n'a plus osé remettre le sujet sur le tapis de peur de s'attirer les foudres de son mari. Elle ne se voyait pas mettre en péril son mariage avec un ministre pour mettre sa meilleure amie au courant de quelque chose qu'elle semblait être la seule sur terre à ignorer. Si elle tenait à se renseigner sur la fidélité de son mari, l'information ne lui serait probablement pas difficile à dénicher. Puis, Sophie est née et Clémence a demandé à son amie d'enfance d'être la marraine de sa fille. Une façon pour elle de s'affranchir de sa culpabilité grandissante. Diane a accepté et a pris son rôle de marraine très à cœur. Elle se mit à rendre de fréquentes visites à sa filleule, qui n'était alors qu'un bébé. La naissance de Sophie a ainsi, pour le plus grand bonheur de Clémence, permis de rapprocher les deux amies d'enfance que la vie avait éloignées.

Et c'est lors de l'une de ces fréquentes visites que le drame s'est produit. Clémence avait organisé une grande fête pour le premier anniversaire de Sophie et, bien évidemment, Diane était de la partie. À son grand désespoir, cette dernière avait dû laisser Charles et Julia derrière. Charles était, comme à son habitude, surchargé de travail et ne pouvait pas se permettre de quitter l'hôpital. Armand, le mari de Clémence, était d'ailleurs en sa compagnie. Julia, bien que scolarisée à la maison, avait de nombreux projets scolaires à terminer. Diane avait essayé d'user de ce prétexte pour rester auprès de sa fille qu'elle répugnait à ne laisser ne serait-ce qu'un moment, mais Clémence avait réussi à la convaincre du contraire. Julia avait quinze ans et n'était plus une enfant. Rien ne lui arriverait si elle restait seule (enfin avec son père et sa gouvernante) quelques jours.

Ce fut sur ce point que Clémence s'était trompée. Car, peu de temps après que sa mère ne soit partie, Julia a subi une attaque virale fulgurante. Diane s'est empressée de prendre la route dès qu'elle a été avertie de la chose, bien que Clémence ait essayé de la rassurer. Mais, le temps que Diane parvienne à l'hôpital, Julia avait déjà succombé à la maladie.

— Julia avait donc mon âge quand elle est décédée ? demande Sophie.

Clémence acquiesce. Puis, elle rajoute, pensive :

— Tu lui ressembles beaucoup d'ailleurs, bien que vous ne soyez pas apparentées. Les mêmes cheveux blonds et bouclés, les mêmes yeux bleus, le même visage fin. Vous avez même parfois les mêmes expressions. Et, comme toi, Julia excellait dans tout ce qu'elle entreprenait. Une jeune fille aussi brillante, mourir aussi jeune, quelle tragédie !

Clémence ne remarque pas à quel point ses propos perturbent sa fille. Bien que d'habitude rationnelle, Sophie ne peut pas s'empêcher d'y voir là une sombre prédiction de son propre futur. Si aucun traitement n'est parvenu à guérir Julia de son mal, pourquoi en irait-il autrement pour elle ?

— Qu'est-il advenu de Charles, le mari de Diane ? demande Sophie pour se changer les idées.

— Charles ? Prépare-toi, il s'agit là d'une histoire totalement invraisemblable. Si Diane ne me l'avait pas raconté en personne, jamais je n'y aurais cru. Figure-toi que, à peine Julia enterrée, il s'est fait agresser par le père d'une patiente qui l'accusait d'avoir empoisonné sa fille en lui prescrivant sciemment le mauvais traitement. Une accusation, bien évidemment, sans aucun fondement. La douleur avait fait perdre la tête à ce pauvre homme. Bref, l'altercation s'est très mal terminée et ce fou a tiré une balle dans la tête de Charles avant de mettre fin à ses jours. Diane était bien évidemment dévastée. Elle venait tout juste de perdre sa fille et voilà que c'était au tour de son mari. Mais elle a fait preuve d'un courage remarquable. Elle a pris la position de son mari à la tête de l'hôpital et s'est consacrée à fond dans cette œuvre. Ton père dit que les résultats de l'hospice sont même bien meilleurs depuis qu'elle a pris la relève. Mais toute cette histoire a mis un coup à notre amitié. Je crois que me voir lui rappelait un peu trop ce qu'elle avait perdu. Surtout quand on considère à quel point vous vous ressemblez.

Le reste du voyage se déroule dans le silence. Sophie ne peut s'empêcher de penser à Julia, cette fille qu'elle n'a jamais connue, mais qui lui ressemble tant. Et ces considérations occupent son esprit jusqu'à ce qu'elles atteignent l'hôpital.

CHAPITRE 3

Le petit garçon passe l'ensemble du trajet la tête collée contre la vitre de la voiture qui les emmène à l'hospice des Bermudes. C'est la première fois qu'il contemple la lumière du jour et, en dépit de l'air peiné qu'il se force à afficher, il ne peut s'empêcher d'en ressentir une vive excitation. Quand l'hôpital devient visible, malgré tout l'effroi que lui inspire cet endroit, le petit garçon est émerveillé par le spectacle. Il faut dire que, en apparence, le lieu n'a rien d'horrible. Bien au contraire. Trois immenses tours de verre qui scintillent de mille éclats sous la lueur du soleil se dressent au milieu d'un vaste parc. L'ensemble offre un spectacle à nul autre pareil. Le petit garçon n'a bien évidemment jamais mis les pieds à l'hôpital. Mais, grâce aux prospectus du gouvernement que sa mère a ramené à la maison, il sait à quoi sert chacun des trois bâtiments. L'hôpital en lui-même n'occupe que l'une des trois tours. Un autre bâtiment est réservé aux familles des malades.

Ces deux immeubles sont reliés par une passerelle en verre afin de faciliter les visites. Et cette passerelle est toujours emplie de monde, symbole de l'attachement qui existe entre les familles et les malades. Mais il y a un troisième immeuble, aussi relié aux deux autres par des passerelles en verre, l'ensemble formant un triangle. Un immeuble dont personne ne parle et qui n'est que très brièvement mentionné dans les prospectus. Un immeuble destiné aux enfants comme lui.

Le petit garçon et sa famille sont accueillis à l'entrée de l'hôpital par l'infirmier. Ce dernier, comme le reste du personnel de l'hôpital, est vêtu d'un pantalon et d'une blouse blanche. Son uniforme s'accorde parfaitement avec le lieu. En effet, l'intérieur du bâtiment, d'une propreté impeccable, est entièrement blanc. Un décor aseptisé qui met le petit garçon mal à l'aise tandis que Liliane s'extasie devant la pureté de cette absence de couleur. Au niveau -100, malgré les efforts des habitants, tout est gris.

Sous la direction de l'infirmier, la famille entreprend d'accompagner Rayna au département de pédiatrie. Cette dernière y reçoit sa chambre, qu'elle partage avec une autre malade. Une fois la petite fille confortablement installée, l'infirmier indique aux parents qu'il est temps de la laisser entre les mains expertes des médecins et de continuer leur périple. Liliane proteste au début, mais l'infirmier lui explique patiemment que sa fille doit maintenant subir de nombreux examens auxquels ils ne peuvent malheureusement pas assister et qu'ils pourront revenir la voir plus tard dans la soirée. Liliane se résout à contrecœur à laisser sa fille.

L'infirmier conduit ensuite le reste de la famille à l'appartement qui est mis à leur disposition dans le bâtiment réservé aux familles des malades. Le petit groupe emprunte la passerelle de verre qui relie les deux immeubles. L'appartement est de taille modeste, mais propre et bien équipé. Pour sûr, il est bien supérieur à la chambre dans laquelle résidait la famille jusqu'à présent. Liliane est satisfaite de ce changement inespéré. Elle fait part de son enthousiasme à son mari, mais ce dernier garde le silence.

L'infirmier demande à Léa d'attendre patiemment dans la demeure familiale pendant que ses parents accompagnent le petit garçon jusqu'à sa chambre. Léa proteste. Elle aussi a envie de voir l'endroit où son frère va demeurer. L'infirmier lui indique gentiment que ce n'est pas un endroit pour les petites filles comme elle.

L'infirmier dirige le petit garçon et ses parents vers la passerelle de verre qui relie l'immeuble jusqu'à la troisième tour. À la surprise du petit garçon, cette passerelle est totalement déserte. Comme si tout le monde évitait cet endroit.

Ses parents ont beau lui dire que tout ira bien et qu'ils viendront lui rendre visite tous les jours, le petit garçon n'y croit pas. Il a entendu trop d'histoires sur cet endroit. Alors il pleure. Il pleure toutes les larmes de son corps. Sa mère le prend dans ses bras et tâche de le consoler. Elle essaye de faire preuve de compassion pour cet être sorti de ses entrailles. Mais, au fond d'elle, elle ne ressent que de l'irritation pour cet enfant gâté. Elle le trouve égoïste. Ne réalise-t-il donc pas qu'il fait cela pour le bien de sa sœur ? Ne devrait-il pas se comporter comme un grand frère digne de ce nom au lieu de geindre comme un petit bébé ? Sa sœur, dont le corps est rongé par la maladie, ne se plaint même pas, songe sa mère avec fierté. Et c'est sur cette constatation qu'elle emprunte la passerelle de verre déserte pour emmener son fils vers sa nouvelle et dernière demeure.

L'infirmier utilise son badge et la porte sur laquelle est écrite "département des expériences scientifiques, accès réservé aux personnes autorisées", s'ouvre sans un bruit. Le petit garçon découvre avec stupeur ce qui se cache de l'autre côté. En apparence, cet endroit n'a rien de la maison de l'horreur à laquelle l'on s'attend. Il semble en tout point identique aux bâtiments précédents. Blanc et immaculé, la façade de verre laissant pénétrer la douce lumière du jour. Aucun de ces hurlements désespérés, si souvent mentionnés par la légende populaire, n'y résonne. L'endroit est calme. Trop calme même. D'un silence à vous donner la chair de poule. Un silence que le petit garçon se sent obligé de rompre.

— Il n'y a donc personne ici ?

— Non, non, bien au contraire. Toutes les chambres de cet étage sont occupées. Mais ne t'inquiète pas. Nous sommes quand même arrivés à te faire de la place. Tu auras ta chambre rien que pour toi. Une belle chambre, confortable et spacieuse, avec une grande fenêtre qui donne sur le jardin. L'infirmier s'efforce de prendre un air enjoué et d'afficher un beau sourire pendant qu'il débite son monologue. Mais son air sonne faux. Et son sourire paraît triste. C'est un sourire qui n'aurait trompé personne, et certainement pas le petit garçon, qui a très bien compris toute l'horreur du destin qui l'attend. L'infirmier a beau lui faire miroiter un luxe dont il n'a fait que, jusqu'à présent, soupçonner l'existence, il ne mord pas à l'hameçon. Toute la lumière du soleil, aussi douce, chaleureuse et merveilleuse soit-elle, ne le réconciliera pas avec l'injustice de ce qui l'attend. Aussi ne s'extasie-t-il pas quand il voit la belle chambre toute blanche qui sera désormais sienne. Il ne tient pas à donner ce plaisir à l'infirmier. Mais sa mère le rappelle à l'ordre sans vergogne, lui intimant de remercier l'infirmier pour toute la bonté dont il fait preuve à son égard. Ne réalise-t-il donc pas la chance qu'il a, lui, un pauvre enfant de mineur, de pouvoir disposer de sa propre chambre, au-dessus de la surface de la Terre ? N'est-ce pas là une opportunité inespérée ? Le petit garçon songe un moment à rappeler à sa mère pourquoi il se trouve là. Mais il s'abstient. Elle a beau lui préférer ses sœurs, il s'agit tout de même de sa mère. Il l'aime profondément malgré tout et ne tient pas à lui causer de la peine. Alors, il se tourne vers l'infirmier et le remercie en bonne et due forme. Ce dernier accepte ses remerciements avec ce même sourire triste. Il sait fort bien qu'il ne mérite pas toute cette gratitude. Il se sent même un peu coupable de ce qu'il va devoir faire à ce pauvre enfant. Mais il chasse vite ce sentiment de son esprit. S'il ne faisait pas ce travail, quelqu'un d'autre le ferait à sa place. Quelqu'un qui ne ressentirait aucune tendresse envers ces enfants. Et cela ne rendrait-il pas leur existence encore plus misérable qu'elle ne l'est actuellement ? Certainement, et c'est pour cette raison qu'il faut qu'il reste, à accomplir ce travail qu'il exècre. Pour le bien des enfants. Certains jours, l'infirmier parvient même à se persuader qu'il est un véritable héros, bravant toutes les difficultés pour venir en aide aux plus démunis.

Le médecin vient ensuite les rejoindre dans la chambre. Il est vêtu du même uniforme que l'infirmier, sauf que celui-ci est d'une couleur bleue. L'épais tissu peine à cacher son ventre bedonnant. Et son visage affiche un air hautain et dédaigneux qui ne laisse que peu de place à la discussion. Le médecin salut l'infirmier, serre la main de Liliane et Bertrand, mais ne daigne pas adresser ne serait-ce qu'un regard au petit garçon. Le médecin se présente brièvement et, son temps étant précieux, entre directement dans le vif du sujet.

— Je ne sais pas si les officiers du gouvernement vous ont expliqué les différents types d'essais qui sont pratiqués ici. En général, ils ont plutôt tendance à négliger cet aspect de leur travail.

Le médecin est exaspéré par l'incompétence de ces sous-fifres. Il ne comprend pas pourquoi il a dû enchaîner de si nombreuses années d'études pour expliquer de telles généralités à des simplets qui ne comprennent rien à la médecine. Il n'attend pas la réponse des parents avant de se lancer dans les explications :

— Nous offrons trois différents programmes. Ils diffèrent par l'intensité des effets secondaires provoqués chez le sujet. Le premier programme est très léger et n'occasionne dans un premier temps que des symptômes modérés chez le patient. Il est donc confortable pour le sujet d'étude, mais la rétribution financière n'est pas vraiment intéressante.

— Je pense que nous opterons pour celui-là, s'empresse de déclarer la mère du petit garçon, à la grande surprise de ce dernier.

— Attendez au moins d'entendre les autres propositions, demande impatiemment le médecin.

— Ce n'est pas la peine, insiste Liliane. Tant que les essais nous permettent d'assurer le traitement de notre fille et de subvenir au besoin de notre famille, cela nous suffit, décide-t-elle dans un grand élan de bonté maternelle.

— Effectivement, le premier programme couvrira cela, mais tout juste. Vous n'aurez pas la possibilité de mettre des sous de côté et vous serez donc dans l'obligation de retourner au niveau -100 une fois le traitement terminé. Et je suis sûr que c'est là quelque chose que vous tenez à éviter. Alors que si vous choisissez un autre programme … Certes, vous aurez un enfant de moins, mais au moins vous pourrez assurer une qualité de vie correcte pour le reste de votre descendance. Votre fille aînée a ici l'opportunité d'aller à l'école, ce serait dommage de gâcher cela en la condamnant à un destin de pauvresse !

— Notre décision est prise et nous ne reviendrons pas dessus. Nous sommes ici pour soigner notre fille, pas pour vendre notre petit garçon dans le simple but de nous enrichir.

— Si c'est ce que vous voulez, très bien, s'énerve le médecin tout en cochant la case du traitement correspondant sur le carnet de suivi de son nouveau sujet d'étude. Mais vous savez où me trouver lorsque vous changerez d'avis.

— Ne perdez pas votre temps à attendre, cela n'arrivera pas.

— C'est ce que disent tous les parents au début, mais ils finissent tous par capituler. Croyez-moi, vous n'y échapperez pas.

Sur ces mots, le médecin quitte la pièce sans même prendre la peine de saluer la famille. L'infirmier ressent l'inexplicable besoin de s'excuser pour la dureté des propos de son supérieur. Même s'il sait que ce dernier a raison. Comme le reste des parents, il ne fait aucun doute qu'ils vont changer d'avis et oublier jusqu'à l'existence de leur fils. Et c'est sur cette sombre considération que l'infirmier fait ses adieux à la famille.

Puis, c'est au tour des parents du petit garçon de prendre congé. L'enfant dit au revoir à sa famille sur le pas de la porte. Il retient difficilement ses larmes. Sa mère le remarque et essaye autant que possible de l'ignorer. La situation est déjà suffisamment éprouvante comme cela. Puis, son instinct maternel prend le dessus et elle lui promet qu'ils reviendront le voir aussitôt que possible. Même si elle sait au fond d'elle qu'il s'agit là d'un mensonge. L'endroit la met mal à l'aise et la simple idée de devoir y revenir lui donne la nausée.

Sur le chemin du retour, Liliane et Bertrand croisent une femme d'un certain âge, mais d'une élégance peu commune. Ils la saluent respectueusement, mais ne reçoivent qu'un simple hochement de tête en retour. Ils ne se formalisent pas de ce manque apparent aux règles de bonne conduite. Ils ont bien d'autres choses à considérer. Le couple l'ignore, mais ils viennent de croiser la route de Diane Fontaine, la directrice de l'hôpital où ils résident.

Les sourires que lui a adressés le couple qu'elle vient de croiser n'ont pas contribué à améliorer l'humeur massacrante de Diane. Bien au contraire. Elle ne les connaît certes pas, mais elle n'a pas besoin de cela pour savoir qu'elle les exècre. Leurs pitoyables vêtements indiquent qu'ils proviennent de l'un des bas-fonds de la planète et leurs teints pâles crient qu'ils n'ont sans doute jamais vu la lumière du soleil auparavant. Il n'y a qu'une seule raison qui pourrait expliquer la présence de tels individus dans ces couloirs. Diane n'a jamais compris comment des parents peuvent se résoudre à condamner ainsi l'un de leurs enfants. Ils ont beau être pauvres, rien ne justifie un tel crime. Elle a perdu sa fille alors qu'elle aurait tout donné pour elle. Alors, elle ne va pas plaindre ces parents indignes. Ils ne méritent de toute façon pas d'avoir des enfants.

En attendant à l'entrée de l'hôpital la limousine de sa filleule, Diane ne peut s'empêcher de ressasser le passé. Chose qui contribue à intensifier son choc quand Sophie descend de la voiture. Pendant un temps, elle a l'impression qu'il s'agit de Julia qui revient enfin à la maison après toutes ces années. Mais ce sentiment n'est que de courte durée. Il est étouffé dans l'oeuf dès qu'elle aperçoit son amie d'enfance. Diane est surprise de sa présence, Clémence lui ayant annoncé au téléphone qu'elle était trop occupée pour pouvoir venir. Occupée par quoi ? C'est une énigme, étant donné que Clémence n'a jamais travaillé un seul jour de sa vie. Mais il faut croire qu'elle est finalement parvenue à se libérer de ses mystérieux engagements. Peut-être l'a-t-elle mal jugée et se préoccupe-t-elle véritablement du bien-être de sa fille. Elle décide d'accorder à son ancienne amie le bénéfice du doute et emmène ses invités à l'intérieur du bâtiment.

Diane se rend compte très vite qu'elle n'aurait pas dû faire preuve de tant de clémence envers Clémence. Après toutes ces années, son amie d'enfance n'a décidément pas changé. Que ce soit sur le plan physique : le même carré blond-platine, le même visage maquillé à la perfection qui n'affiche pas la moindre ride (Diane se fait d'ailleurs la remarque que son chirurgien doit être extrêmement talentueux). Mais aussi sur le plan mental. Clémence semble être tout aussi égocentrique qu'à l'époque. La conversation ne tourne qu'autour d'elle. Pas un seul moment, cette dernière ne s'enquiert des soins qui seront prodigués de sa fille et elle ne semble pas s'inquiéter de la santé de celle-ci. « La vie est décidément bien injuste », se dit Diane avec amertume.

La situation tout entière met la directrice extrêmement mal à l'aise et elle utilise le prétexte d'une surcharge de travail pour mettre fin à la conversation. La mère de Sophie en profite pour annoncer également son départ. Elle participe à une compétition de golf le lendemain et tient à y arriver reposer.

— Surtout que Catherine doit aussi venir et elle ne manquera pas de répandre des rumeurs à mon sujet si je me pointe avec des cernes sous les yeux. Je ne sais pas si tu te souviens d'elle, mais cette fille a toujours eu une langue de vipère.

« Clémence n'a décidément vraiment pas changé », songe la directrice de l'hôpital en regagnant son bureau.

CHAPITRE 4

Une fois l'infirmier et ses parents partis, le petit garçon se retrouve seul dans sa chambre immaculée. Le petit garçon contemple son nouvel environnement dans l'espoir de se trouver une occupation. Mais en vain. Sa chambre est parfaitement fonctionnelle, mais cela s'arrête là. Aucun jeu. Aucun livre. Rien qui ne puisse le distraire pour quelques instants de son triste sort. Alors, il s'assoit sagement sur son lit et attend. Le temps lui semble une éternité, mais il ne peut se résoudre à bouger. Il aurait pu partir explorer son nouveau domaine. Après tout, personne ne l'a informé d'une quelconque interdiction de quitter sa chambre. Mais il n'éprouve aucune envie d'arpenter les couloirs déserts et aseptisés. Alors il attend et attend et attend. Jusqu'à ce qu'un haut-parleur dissimulé dans le mur, dont il n'avait jusque-là pas remarqué l'existence, annonce l'heure du dîner. Le petit garçon se lève et ouvre timidement la porte de sa chambre.

Dans le couloir auparavant désert, des enfants, tous vêtus du même uniforme blanc, marchent de concert. C'est un étrange spectacle. Leurs figures, pâles et émaciées, leur confèrent un certain air de famille. Une ressemblance accentuée par leurs chevelures éparses. On peut voir qu'ils perdent leurs cheveux par poignées, comme si la vieillesse les rattrapait déjà. Certains d'entre eux sont même carrément chauves. Ils marchent tous sans faire de bruit, semblant presque glisser sur le sol. Aucun d'entre eux n'élève la voix pour s'adresser à un camarade. Ils ne s'échangent même pas un regard. L'enfant hésite un moment puis se joint à la cohorte de silhouettes fantômes. Il essaye de se fondre dans la masse, mais sans succès. La teinte de sa peau, sa chevelure abondante, ses vêtements colorés le distinguent clairement de ces êtres blanchâtres. Même le bruit de ses pas semble crier sa différence. Mais son étrangeté ne rencontre que de l'indifférence. Le petit garçon a l'impression de faire partie du décor. Ce sentiment se trouve amplifié par le comportement du personnel. Ils lui servent son repas en prenant mille précautions pour ne pas croiser son regard. Il tente de briser le silence en prononçant un « merci ». Mais cette marque de gratitude reste sans réponse. Cela ne lui vaut même pas un regard.

Si ce n'était pour la petite fille assise à ses côtés, le petit garçon aurait pu penser ne pas avoir émis le moindre son. Mais cette dernière se charge de conférer une existence à son remerciement.

— Tu es nouveau, n'est-ce pas ? lui demande-t-elle.

Il ne s'agit pas réellement d'une question, mais plutôt d'une assertion.

— Cela se voit tant que ça ?

— Physiquement, oui. Tu as de la graisse à en revendre, lui dit-elle tout en pointant un doigt accusateur en direction de son ventre contenant quelques amas de cellules adipeuses disséminées de part et d'autre.

Le petit garçon est en effet loin d'être gros. L'absence de maigreur est réservée au niveau -100 à quelques rares privilégiés et sa famille ne compte pas parmi eux. Il va pour le faire remarquer à la petite fille. Mais il s'abstient. En comparaison de l'aspect cadavérique de la petite fille, le qualificatif de gras semble presque adapté. Alors il la laisse continuer ses propos et ne l'interrompt pas.

— Et puis aussi on cesse très vite de parler. Il n'y a que les nouveaux qui parlent.

— Pourquoi ? C'est interdit ? demande l'enfant en parcourant d'un regard inquiet les environs.

— Non, c'est juste que ça ne présente pas vraiment grand intérêt.

— Pas grand intérêt ? Qu'est-ce que tu veux dire par là ?

— Que ça ne sert pas à grand-chose.

— Comment ça, ça ne sert pas à grand-chose ? Le langage est l'essence même de l'humanité.

— Pour parler d'humanité, il faut vraiment que tu sois nouveau.

— Mais, si personne ne parle, cela doit être vraiment triste et ennuyeux ici !

— De toute façon, la vie est triste et ennuyeuse ici. Il faut vraiment être stupide pour ne pas l'avoir déjà remarqué.

— OK, mais peut-être que le fait de communiquer aiderait à rendre les choses moins … horribles.

— Tu ne sais visiblement pas de quoi tu parles !

La petite fille se tait avant d'ajouter :

— Et puis, tu voudrais que l'on parle de quoi ? De notre vie ici ? On essaye tous d'y penser le moins possible. De notre famille ? Si nous en sommes là, c'est qu'ils nous ont trahis. De notre vie d'avant ? Au début, c'est douloureux d'y songer et puis au bout de quelques semaines, on oublie.

— Comment ça, on oublie ? La mémoire ne s'efface pas aussi rapidement que cela.

— Ne t'inquiète pas, tu comprendras dans quelques semaines de quoi je parle. Mais, d'ici là, nous aurons tous les deux oublié cette conversation.

— OK, j'ai compris. Il y a beaucoup de sujets qui fâchent. Mais on ne va quand même pas se murer dans le silence pour autant, non ? On ne pourrait pas tout simplement parler de la pluie et du beau temps ?

— Et cela servirait à quoi ?

— Euh, je ne sais pas … À parler ?

— Voilà, exactement. Cela ne servirait à rien.

Et la petite fille se replonge dans son assiette insipide. Histoire de bien lui faire comprendre à quel point leur conversation ne sert strictement à rien. Et le dîner se termine dans le même silence morne qu'il a commencé.

L'attitude de la petite fille ne rebute pas le petit garçon. Quelque chose en elle le fascine. Malgré le manque de sympathie dont elle a fait preuve à son égard, il ne peut pas s'empêcher de vouloir en savoir davantage à son sujet. Aussi se risque-t-il à la suivre après le repas. Il essaye de se rendre aussi discret que possible. Même s'il devient vite apparent que le petit garçon n'avait pas besoin de se donner autant de mal.

La petite fille, perdue dans ses pensées, ne semble pas remarquer sa présence. Ses pas la portent, sans qu'elle ne semble réellement le vouloir, vers la porte qui se trouve au bout du couloir. Le petit garçon avait remarqué la présence de cette porte lors de son arrivée dans le département. Et cette dernière l'avait intriguée. Il faut dire qu'elle a un aspect quelque peu particulier. Elle est faite d'un étrange verre opaque. Un matériau que, durant sa brève existence, il n'a jamais eu l'occasion de rencontrer et qui dénote du reste des portes blanches. Mais, le plus mystérieux est l'absence de poignée. Elle est également dépourvue de charnières ou de tout autre élément qui lui permettrait de s'ouvrir. À se demander s'il s'agit réellement d'une porte ou juste d'un étrange élément de décoration murale.

Une fois arrivée à la fin du couloir, la petite fille s'arrête devant l'étrange structure de verre. Puis, elle soupire et incline légèrement sa tête sur le côté. Se faisant, le petit garçon peut apercevoir quelques larmes qui coulent silencieusement sur son visage. Ce dernier arbore une telle expression de tristesse que l'enfant est pris de l'irrésistible envie de courir la serrer dans ses bras. Mais, avant qu'il n'ait pu succomber à son désir, la petite fille scanne le code-barre apposé sur le dos de sa main sur un petit écran situé à gauche de la porte. Cette dernière coulisse et la petite fille pénètre dans la pièce qui se trouve de l'autre côté.

L'infirmier n'a pas manqué de remarquer le regard angoissé qu'affiche le visage du petit garçon. Bien que cela ne rentre pas dans le cadre de ses fonctions, un élan de compassion le pousse à rassurer le pauvre enfant.

— Il s'agit de la salle des injections. Ce sera là qu'il faudra que tu te rendes pour recevoir le traitement.

Le petit garçon ne comprend pas pourquoi le personnel de l'hôpital s'obstine à qualifier les expériences médicales de « traitement » et les sujets de « patients ». Il trouve cela assez hypocrite. Ce n'est pas comme s'il était malade et avait réellement besoin d'être soigné.

— Il ne faut pas que tu t'inquiètes. Le nom peut faire peur, mais il n'y a en réalité aucune raison de se faire du souci. Tout est mis en œuvre pour que le procédé soit aussi indolore et confortable que possible. Tu ne sentiras rien du tout.

Le petit garçon éprouve des difficultés à croire les propos de l'infirmier. Les visages émaciés et sans couleur des autres enfants ne laissent pas à penser que le procédé soit aussi « confortable » que ce que l'homme en blouse blanche prétend. Il ne peut sortir de sa tête le regard terrifié de la petite fille au moment de pénétrer dans la salle. Mais il ne voit pas l'intérêt de contredire l'infirmier. S'il se souciait réellement de leur bien-être, il aurait choisi un autre métier. Alors, il se contente de hocher la tête avant de retourner dans sa chambre.

L'enfant voit ses soupçons confirmés plus tard dans la journée. Alors que l'ennui commençait à nouveau à le submerger, l'infirmier entre sans frapper dans sa chambre pour l'emmener passer une série d'examens médicaux.

— Tu n'as pas à t'inquiéter, lui explique l'infirmier. Il ne s'agit pas encore du traitement en lui-même que, si tout va bien, tu commenceras demain. Nous voulons juste réaliser quelques tests de routine afin d'évaluer ton état de santé actuel, qui servira de point de référence pour les expériences.

Quand les pas de l'infirmier les mènent dangereusement vers l'étrange porte de la salle de traitement, il ne peut pas empêcher l'angoisse de le saisir. Puis, pour son plus grand soulagement, ils dépassent cette dernière et empruntent un autre couloir au bout duquel se trouve une autre porte semblable. Après avoir scanné son badge, l'infirmier invite le petit garçon à pénétrer dans la salle. Il s'exécute timidement. L'appréhension le submerge. Il faut dire que la pièce à un aspect quelque peu effrayant. De grandes machines blanches remplissent l'espace. Il ignore tout de leur fonction, mais leur aspect ne laisse présager rien de bon. Et, comble de l'horreur, le médecin taciturne et bedonnant se trouve au milieu de la pièce.

Le petit garçon découvre que les simples tests de routine consistent en réalité en une multitude d'examens plus longs et plus douloureux les uns que les autres. Le médecin le trimballe de machine en machine, qui tourne autour de lui tout en émettant des bruits effrayants, tandis que des produits sont injectés dans ses veines qui se répandent lentement dans son corps, lui donnant l'impression que ce dernier est en feu. Il serre les dents tant bien que mal et ne fait pas part de son désarroi. La souffrance est bel et bien là, mais elle est supportable. L'enfant préfère garder ses larmes pour quand elle échappera à son contrôle. Et ce moment arrive plus vite qu'escompté.

Une fois les examens médicaux terminés, le médecin laisse le petit garçon seul en compagnie de l'infirmier le temps d'aller chercher les résultats. Aucun des deux protagonistes ne prend la parole. Le petit garçon se sent trahi par l'homme en blouse blanche, bien qu'il n'ait jamais vraiment cru à ses promesses. Et l'infirmier sait bien que, à ce stade, il n'y a rien qu'il puisse faire pour atténuer les souffrances de l'enfant. Alors, il préfère le laisser seul avec ses mornes pensées.

Le médecin revient et annonce d'un ton enjoué à l'infirmier :

— Pour une fois, on a droit à un patient en parfaite santé. Pas la moindre trace de cellules malignes ! Pour quelqu'un venant du niveau -100, cela relève du miracle. Le petit possède apparemment une santé à toute épreuve.

Ces propos mettent l'infirmier mal à l'aise. Il parvient à garder une certaine estime de soi en se convainquant que, de toute façon, ces enfants sont condamnés par leur lieu d'habitation et que les expériences ne font qu'avancer l'inéluctable. Le patient, quant à lui, n'y prête pas la moindre attention. Il est simplement soulagé que tout cela soit fini. Il s'apprête à regagner sa chambre quand le médecin le rappelle à l'ordre. La journée est loin d'être finie pour lui. Le médecin l'invite à pénétrer dans une des salles attenantes. Quand il s'exécute, l'angoisse saisit le petit garçon. Comme tout le reste de l'hôpital, la pièce est d'une blancheur impeccable. En son centre se dresse un lit de métal recouvert d'un simple drap bleu. Diverses machines et lumières aveuglantes sont disposées de part et d'autre de ce dernier. Au chevet du lit se trouve un plateau de métal sur lequel sont disposés une multitude d'instruments tranchants. Le petit garçon tremble en pensant à leur possible utilisation. L'enfant se tourne vers l'infirmier, la seule personne ici présente ayant fait preuve d'un minimum d'humanité :

— Mais je croyais que les examens étaient terminés
…

— Effectivement, nous avons fini avec les tests médicaux. Maintenant, il nous faut implanter la chambre d'injection qui servira pour le traitement, explique l'homme en blouse blanche.

— La chambre d'injection … répète le petit garçon sans vraiment comprendre le sens de ces mots.

— Afin de limiter la douleur et les risques causés par de trop nombreuses injections, nous implantons un petit boîtier dans le bras relié à un cathéter dans la veine cave supérieure qui va se charger de distribuer le produit injecté dans le système sanguin. Le procédé peut paraître impressionnant comme cela, mais tu n'as pas à t'inquiéter. Il s'agit là d'une technique que nous maîtrisons à la perfection et nous mettons tout en œuvre pour le rendre aussi indolore que possible.

Le petit garçon n'est pas sûr d'avoir saisi le sens de ces propos, mais le peu qu'il en a compris ne suffit pas à le rassurer. Le médecin lui demande de s'allonger sur le lit et il s'exécute silencieusement. Après avoir localisé une veine appropriée, le docteur saisit un scalpel et s'apprête à inciser la fine peau de l'enfant. Mais l'infirmier se permet de le rappeler à l'ordre :

— Vous avez oublié d'injecter le produit anesthésiant.

Le médecin soupire bruyamment. Il n'apprécie guère de recevoir des ordres d'un subalterne. Il décide néanmoins de ne pas se fâcher pour si peu avec un sous-fifre. Il prend donc sur lui et s'exécute, ce qui lui demande un effort surhumain. Il se saisit de la seringue et administre une quantité infime de produits à l'enfant. Le matériel coûte cher et le médecin ne tient pas à gaspiller inutilement de l'argent sur un sujet qui, à cause de son lieu de provenance, ne ressent de toute façon pas la douleur.

Sa manœuvre n'a pas échappé au regard averti de l'infirmier. Mais ce dernier décide sagement de ne pas en faire la remarque. Il préfère se tourner vers le petit garçon et lui demander :

— Si tu ressens la moindre douleur, n'hésite pas à le signaler. Nous injecterons davantage de produits et ainsi tu ne ressentiras rien, d'accord ?

Le médecin soupire à nouveau puis se met enfin au travail. La douleur occasionnée est tout simplement insoutenable. Le petit garçon ressent tout : le couteau qui cisaille sa peau, le tube qui pénètre avec une lenteur insupportable dans sa veine. Le peu de produits qu'a injectés le médecin ne suffit pas à atténuer la douleur. Mais il serre les dents et ne laisse rien paraître de son calvaire. Malgré les propos de l'infirmier, il a bien compris qu'il ne peut pas s'attendre à recevoir la moindre compassion de la part du personnel de l'hôpital.

Une fois la chambre d'injection implantée dans son avant-bras, un code-barre est tatoué sur le dos de sa main. Comparées à l'opération qu'il vient de subir, les piqures de l'aiguille ne sont que de simples chatouillements.

L'infirmier le ramène ensuite dans sa chambre. En franchissant le seuil de la porte, il remarque que ses parents sont là à l'attendre. Toutes les émotions qu'il s'est efforcé de contenir au cours de ces dernières heures se libèrent et le pauvre enfant explose en sanglots. Il court se jeter dans les bras de sa mère et la serre de toutes ses forces. Le corps de Liliane se raidit au contact des bras de son fils qui l'enlacent. Elle ressent une certaine répulsion pour cet enfant qui se comporte en deçà de son âge. Mais le petit garçon ne le remarque pas. Il est bien trop soulagé par le contact humain retrouvé. Et quand il finit par s'endormir sanglotant dans les bras de sa mère, cette dernière le dépose dans son lit sans lui adresser le moindre regard et s'enfuit de la pièce aussi vite que ses pas le lui permettent.

Le lendemain, au cours du petit déjeuner, le petit garçon s'assoit à nouveau à côté de la petite fille dont il a fait la connaissance la veille. Il aurait pu s'installer ailleurs, après tout elle ne s'est pas montrée des plus cordiales à son égard. Mais quelque chose l'attire inéluctablement vers cette enfant aux yeux tristes. Il a envie de tenter à nouveau d'entamer la conversation avec elle. Mais il ne sait pas comment s'y prendre. Les yeux plongés dans son assiette, la petite fille ne semble pas être d'humeur bavarde. Puis, le petit garçon se rend compte qu'il ne connaît même pas son nom.

— Comment t'appelles-tu ?

La petite fille l'ignore superbement. Elle continue à amener la nourriture insipide jusqu'à sa bouche et à la déglutir laborieusement. Le petit garçon doit répéter par deux fois sa question avant qu'elle ne daigne lever les yeux vers lui.

— C'est à moi que tu t'adresses ?

— Euh, oui. À qui d'autre voudrais-tu que je parle ?

La petite fille hausse les épaules avant de se replonger dans son assiette. Il faut quelques minutes au petit garçon avant de se rendre compte qu'elle ne lui a toujours pas répondu.

— Tu ne m'as toujours pas dit comment tu t'appelais, lui fait-il remarquer.

— Pourquoi tiens-tu tant à le savoir ?

Une fois de plus, la réponse de la petite fille déstabilise le petit garçon. Il se demande s'il parviendra un jour à la comprendre …

— Je ne sais pas … Il me semble normal de vouloir savoir comment se nomment les personnes de son entourage.

— Peut-être à l'extérieur. Mais, ici, tu te rendras très vite compte que les noms ne présentent guère d'intérêt.

— Je ne comprends pas … Même si les prénoms ne sont pas forcément utiles, on ne peut pas pour autant dire qu'ils ne servent à rien. Sans nom, comment savoir à qui l'on s'adresse ? Comment différencier les gens qui nous entourent ?

La petite fille soupire. Le petit garçon ne comprend visiblement rien. Elle est épuisée de devoir tout lui expliquer. Et elle est déjà tellement fatiguée, elle n'a aucunement besoin de se rajouter ce fardeau. Alors, elle lui répond sans ménagement :

— À quoi bon avoir un nom quand de toute façon on s'apprête à mourir ?

Le petit garçon n'apprécie guère la façon de raisonner de la petite fille. Il trouve lâche de baisser les bras aussi facilement. Même s'il éprouve de grandes difficultés à les croire, l'infirmier et ses parents n'ont eu de cesse de lui répéter : il n'est pas condamné. Il est juste ici le temps que sa soeur reçoive son traitement et ensuite il pourra sortir. Il n'aura pas besoin de retourner sous terre et aura une meilleure perspective d'avenir. Il faut juste qu'il tienne jusque là. Et la petite fille devrait l'imiter au lieu de se résigner sans même chercher à se battre. Le petit garçon ne se gêne pas pour lui faire connaître le fond de sa pensée.

Les mots du petit garçon blessent profondément la petite fille. Ils la font se sentir coupable. Et ce n'est pas juste. Elle n'a pas choisi d'être ici. La léthargie dans laquelle elle s'est laissée lentement glisser est la seule chose qui l'empêche de sombrer dans le désespoir. Elle sent son enveloppe protectrice se fissurer et les larmes lui monter aux yeux. Un incompréhensible besoin de se justifier la saisit. Alors, elle prononce dans un murmure :

— De toute façon, je ne me souviens même pas de mon nom.

Et, avant d'exploser en mille morceaux, la petite fille se lève et part ramener son plateau-repas sans même avoir fini l'immonde nourriture qu'il contient.

Dans la matinée, le petit garçon commence le traitement. À onze heures tapantes, comme le médecin lui a demandé, il se rend, l'angoisse au corps, dans la salle de traitement située dans le même couloir que sa chambre. Comme l'infirmier lui a montré la veille, il scanne le code-barre situé sur le dos de sa main. Il espère pendant un moment que ce dernier n'est pas fonctionnel, mais ses espoirs sont réduits à néant quand il voit la porte coulisser silencieusement. Il pénètre dans la pièce aseptisée et la porte se referme derrière lui, toujours sans un bruit. Le petit garçon se dirige ensuite vers le fauteuil qui trône au milieu de la salle. Il se laisse glisser dans l'assise confortable, allume l'écran qui se trouve face à lui et presse son code-barre contre celui-ci. Comme l'infirmier le lui a indiqué, il pose ensuite son avant-bras sur l'accoudoir et un tube vient se fixer automatiquement sur le cathéter. Un bip retentit et un liquide vert est délivré. L'appréhension saisit le garçon, mais le procédé n'est pas aussi douloureux qu'escompté. Certes, la sensation n'est pas des plus agréables, mais, en fermant les yeux, le petit garçon parvient presque à l'oublier. Puis, un autre bip se fait entendre, signalant par là la fin du traitement. Le petit garçon se lève, un peu sous le choc, et part regagner sa chambre. Il a du mal à croire que cela soit déjà fini. Ses jambes sont un peu flageolantes, sa tête tourne et la nausée menace de la saisir. Mais, mis à part ces quelques désagréments, il se sent plutôt en forme. En tout cas, il se sent toujours vivant. Il repart plein d'espoir. Il se dit qu'il parviendra certainement à survivre. Et les semaines qui suivent lui donnent raison. Même si le traitement l'affaiblit et le fatigue énormément, son état général demeure bon. Aucun autre effet secondaire ne se fait ressentir et le petit garçon reste en pleine possession de ses capacités mentales. La souffrance qu'il craignait tant ne semble pas le guetter. Son principal ennemi est pour l'instant l'ennui. Un adversaire insidieux qui ne lui laisse que peu de répit. Il est là le matin dès qu'il se réveille et ne le quitte qu'une fois dans les bras de Morphée. Il s'affaiblit un peu pendant les repas silencieux grâce à la présence de la petite fille, mais retourne en force dès ces derniers terminés. Il se demande comment les autres enfants parviennent à lui échapper. Et ce que le petit garçon comprend encore moins, c'est pourquoi ils semblent si affectés par le traitement alors que son état de santé ne paraît pas vraiment se dégrader. La petite fille lui fournit la réponse au cours du dîner.

— Tu reçois le traitement vert, n'est-ce pas ?

— Qu'est-ce que tu veux dire par là ?

— Le produit qui sort du tube est-il vert ?

— Oui, effectivement.

— Tu découvriras vite qu'il existe trois types de traitement, différant par les effets secondaires occasionnés et présentant des couleurs différentes : vert, bleu et rouge. Le traitement vert, celui que tu reçois, est le plus léger et ne cause qu'un léger inconfort.

Le petit garçon a envie de protester. Il n'a pas l'impression que la fatigue et les nausées qu'il ressent ne soient qu'un « léger inconfort ». Mais la conversation l'intéresse vivement, alors il laisse la petite fille continuer.

— Je crois que tu dois être le seul ici à le recevoir. La plupart des enfants présents dans la salle prennent le traitement bleu. C'est aussi mon cas et tu en vois les conséquences, dit-elle en montrant son visage émacié et son crâne dégarni.

La petite fille marque une pause avant de reprendre dans un murmure :

— Il existe également un troisième type de traitement : le traitement rouge, aussi appelé le traitement final. Je ne l'ai personnellement jamais pris, mais des rumeurs circulent … Tu as bien dû remarquer que certaines personnes ici ont l'air encore plus mal en point que le reste d'entre nous, chuchote la petite fille en pointant du doigt une table au fond de la salle. Ça, c'est l'effet du traitement rouge.

À l'endroit désigné sont assis trois enfants qui ressemblent étrangement à des zombies. Le petit garçon ne peut empêcher un frisson de le parcourir en les contemplant.

— Heureusement que cela ne concerne qu'une poignée d'enfants.

— Détrompe-toi. Une grande partie des enfants de l'établissement reçoivent le traitement final. C'est juste qu'on ne les voit pas. Ils ne sont pas en état de se lever et reçoivent les injections directement dans leur chambre. Ils ne sont pas en état de manger non plus, et sont nourris par perfusion. Les quelques malheureux qu'on voit ne sont qu'au début du traitement. D'ici quelques jours, ils cesseront de venir ici, fais-moi confiance.

— Mais si l'on ne les voit pas, alors comment peux-tu être au courant de tout cela ?

— Au début, tout comme toi, j'ai cherché à me lier d'amitié avec les autres enfants. Quand j'ai cessé de les voir, j'ai posé des questions, je suis allée les visiter dans leurs chambres. Et j'ai souffert, quand j'ai vu leurs corps raides transportés au sous-sol sur des brancards. C'est pour cela que je ne cherche plus à parler avec les autres ici. J'ai appris. Mais, avec toi, il n'y a pas vraiment de risque. Il y a fort à parier que je partirais avant toi. Et, à ce moment-là, toi aussi tu apprendras.

Devant toute l'horreur de la situation, le petit garçon ne trouve rien à répondre. Alors, il décide sagement de garder le silence.

Quand, en regagnant sa chambre, l'enfant aperçoit sa mère qui est là à l'attendre, il a une nouvelle fois envie de fondre en larmes dans ses bras. Mais, cette fois-ci, il se retient. Ces dernières semaines lui ont appris à serrer les dents. Il ne peut néanmoins empêcher le flot de doléances qui s'échappe de sa bouche. Il n'avait pas jusqu'alors réalisé à quel point il avait besoin de se confier. Sa mère l'écoute sans sourciller. Elle ne semble pas affectée par les malheurs de sa progéniture. Elle semble même trouver la situation plutôt amusante. Quelques nausées et de la fatigue ne sont pas là chose à se plaindre. Elle-même a connu bien pire quand elle était enceinte. Elle en fait la remarque à son fils et souligne avec humour qu'il s'agit là d'un juste retour des choses, qu'il souffre du mal qu'il lui a causé tant d'années auparavant. Le petit garçon n'apprécie guère la plaisanterie. C'est de la faute de sa mère s'il en est là. Alors, elle pourrait au moins faire l'effort de compatir.

Quand le petit garçon joue la carte de l'ennui, sa mère cesse de trouver la situation comique. Pour elle, l'ennui est la maladie des paresseux. Et elle n'a jamais eu la moindre indulgence pour la fainéantise.

— Je te l'ai déjà expliqué mille fois : seuls les idiots s'ennuient. Les autres utilisent leur cervelle et trouvent quelque chose à faire.

— Mais, comme je te l'ai aussi expliqué, il n'y a strictement rien à faire ici.

— Cesse de toujours de trouver des excuses ! Je te connais et tu as toujours été un peu flemmard sur les bords. Même avant de venir vivre ici, tu ne faisais rien de tes journées. Tu passais tout ton temps à traîner avec ces chenapans qui te servaient d'amis et tu n'accomplissais rien d'utile. Tu aurais pu au moins m'aider à la maison !

Le petit garçon a déjà eu cette conversation des centaines de fois avec sa mère et il n'éprouve pas la moindre envie de renouveler l'expérience. Aussi, il préfère se taire.

— Au lieu de rester dans ton coin à te lamenter, tu devrais essayer de te faire des amis.

Le petit garçon n'a pas le temps de lui expliquer que, vu l'état des autres enfants, il s'agit là d'une vaine entreprise. Sa mère est déjà en train de continuer :

— Et tu pourrais aller à l'école. Rayna est bien trop malade pour pouvoir étudier, mais Léa, quant à elle, se donne beaucoup de mal. Ses progrès sont énormes et elle commence même à savoir lire. Tu imagines ? Si l'on m'avait dit qu'un jour l'un de mes enfants apprendrait à lire et à écrire … Elle essaye par tous les moyens de se construire un avenir et tu devrais en faire autant. Sinon, que deviendras-tu le jour où nous quitterons l'hôpital ?

Le fait que sa mère pense sincèrement qu'un futur l'attend rassure le petit garçon. Même s'il ne peut s'empêcher de se demander si elle a raison. Les paroles de la petite fille à propos du traitement final résonnent dans sa tête. Mais il les rejette de toutes ces forces. Jamais sa mère n'acceptera qu'il prenne le fameux liquide rouge, elle vient de le lui signaler. Il faut qu'il arrête de se lamenter et qu'il pense à son avenir hors des murs de l'hôpital, comme sa mère vient de le lui expliquer.

En quittant la chambre de son fils, Liliane ne peut empêcher la nausée de la saisir. Le comportement du petit garçon la met extrêmement mal à l'aise. Le traitement est apparemment beaucoup plus léger que ce qu'elle craignait et son fils n'a pas de raison de se plaindre. Elle ne parvient pas à comprendre pourquoi elle a laissé la culpabilité la submerger ainsi. Ce pleurnicheur sorti de ses entrailles n'en vaut pas la peine. Alors qu'elle déambule dans les couloirs de l'établissement, Liliane sait au fond d'elle-même qu'il s'agit de la dernière fois qu'elle vient rendre visite à son fils.

Le petit garçon ne peut pas empêcher les paroles de sa mère de résonner encore et encore à ses oreilles. Elles le harcèlent dans sa chambre, le poursuivent dans les couloirs de l'hôpital lorsqu'il part prendre son déjeuner et ne le quittent pas tandis qu'il amène l'immonde nourriture dans sa bouche. La petite fille, assise comme toujours à ses côtés, a bien remarqué que quelque chose déstabilise son nouvel ami. Elle ne peut s'empêcher de l'interroger à ce sujet. Le petit garçon est soulagé d'avoir ainsi l'opportunité de se confier et lui raconte ses déboires avec sa mère.

— Et je me demande si je ne devrais pas suivre ses conseils et aller à l'école, conclut-il.

— Personne ici ne va à l'école. De toute façon, il n'y a même pas d'école dans le bâtiment.

— Mais ma soeur y va bien. Cela veut dire qu'il doit y avoir une école dans son immeuble. Et il suffit de traverser la passerelle de verre pour s'y rendre.

— Tu peux toujours demander à y aller. Mais l'idée est plutôt étrange. Personne ici ne va à l'école.

— Pourquoi pas ? Les enfants des autres départements y vont bien …

— Mais ils ont un avenir à préparer. Pas nous.

La petite fille réfléchit un moment avant d'ajouter :

— Si tu tiens vraiment à y aller, tu peux toujours demander. Mais, à ta place, je m'abstiendrais.

— Pourquoi ?

— Même pour un traitement vert, ton état de santé est bien meilleur que ce qu'il devrait être. S'ils s'aperçoivent que tu supportes aussi bien les injections, ils risquent de vouloir passer à la vitesse supérieure. Alors, si j'étais toi, je ferais tout pour éviter d'attirer l'attention.

— Mais je croyais qu'il ne pouvait pas changer mon traitement sans l'accord de mes parents …

— Effectivement. Mais s'ils tentent de les convaincre, il y a fort à parier que tes parents céderont.

— Tu te trompes. Jamais mes parents n'accepteront une telle chose. Ma mère me l'a fait clairement comprendre ce matin.

Sa mère ne l'avait pas énoncé explicitement, mais elle lui avait dit qu'il avait un futur. Cela revenait au même, non ?

— C'est ce qu'ils disent tous au départ. Qu'est-ce que tu crois ? Moi aussi, j'ai commencé par prendre le traitement vert, avec des parents qui me promettaient monts et merveilles et qui venaient me rendre visite régulièrement. Mais ils ont fini par changer d'avis et je crois bien qu'ils m'ont oublié. Cela fait tellement longtemps qu'ils ne sont pas venus me voir que je ne me rappelle même plus à quoi ils ressemblent.

— Mes parents ne sont pas comme ça !

— Si tu en es si sûr, alors tu peux toujours demander à aller à l'école. Si ce que tu dis est vrai, tu n'as rien à craindre.

Le petit garçon n'éprouve pas la moindre envie de croire la petite fille, mais, tout au fond de lui, il ne peut pas s'empêcher de penser qu'elle a sans doute raison. Néanmoins, il s'agit de ses parents et il se doit de leur accorder sa confiance. Aussi, le lendemain matin, quand l'infirmier pénètre dans sa chambre pour sa visite de contrôle hebdomadaire, le petit garçon lui pose la question. L'infirmier est embarrassé. Accéder à la requête de l'enfant n'est bien évidemment pas une option. Mais il ne voit pas comment refuser sans attiser les soupçons de l'enfant. Il ne tient pas à ce que ce dernier se rende compte qu'il n'est qu'un mouton destiné à l'abattoir. L'infirmier se contente donc d'utiliser l'excuse de l'absence d'école pour expliquer son refus. Quand l'enfant lui oppose qu'il pourrait fréquenter le même établissement que sa sœur, l'infirmier est à court d'arguments. Comment lui expliquer que ce serait destructeur pour les autres enfants de le côtoyer ? Alors, l'infirmier se contente de secouer la tête en signe de refus et met fin à l'inconfortable conversation.

En quittant la chambre du petit garçon, l'homme en blouse blanche est bien embêté. Il sait qu'il va lui falloir agir et il n'aime pas cela. Mais cette situation ne peut plus continuer. Cette conversation lui a confirmé ce dont il se doutait déjà : la santé du petit garçon n'est pas assez dégradée pour qu'il accepte sa condition sans rechigner et cela ne pourra mener à rien de bon. L'expérience le lui a appris, pense l'infirmier en songeant à Céleste, sa rébellion et les tristes conséquences que cela a eu pour Julia, la fille de la directrice. Il ne tient pas à revivre ça et n'a donc pas d'autre choix que de parler aux parents de l'enfant. Il lui faut les convaincre d'augmenter le traitement de leur fils. Les connaissant, cela sera chose aisée. Tandis qu'il emprunte la passerelle de verre pour accomplir sa mission, l'infirmier parvient à se convaincre qu'il agit pour le bien suprême de l'enfant. Sans la léthargie imposée par le traitement bleu, le petit garçon deviendra fou au milieu des zombies de l'étage.

Deux jours plus tard, lorsque le petit garçon s'apprête à recevoir son traitement, un liquide bleu sort en lieu et place de l'habituel produit vert. Sous le choc, l'enfant contemple avec stupeur l'infâme liquide pénétrer dans ses veines et provoquer une désagréable sensation de brûlure sur son passage. En se levant précipitamment à la fin du traitement, il a les jambes qui flanchent et la tête qui tourne. Il est obligé de retourner s'asseoir et d'attendre de longues minutes avant de pouvoir enfin quitter la pièce. Quand il parvient enfin à le faire, il se met immédiatement en quête de l'homme en blouse blanche. Il finit par le trouver, déambulant comme à son habitude dans un couloir. En guise de salutation, le petit garçon lui hurle à la figure :

— Il y a eu une erreur dans mon traitement !

— Calme-toi ! Il n'y a aucune raison de te mettre dans un état pareil. Nous allons nous diriger vers mon bureau et discuter de tout cela tranquillement.

— Pas de raison de paniquer ? Je vous dis qu'il y a eu une erreur dans mon traitement !
L'infirmier saisit l'enfant hystérique par le coude et l'emmène de force jusqu'à son bureau. Il l'oblige ensuite à s'asseoir dans l'une des chaises et s'installe face à lui, de l'autre côté de la table.

— Explique-moi le problème, mais calmement cette fois-ci.

— Je reçois normalement le traitement vert. Mais aujourd'hui, c'est un liquide bleu qui est sorti du tube.

— Il n'y a là aucune raison de t'inquiéter. Le produit présente une couleur différente. Mais cela s'arrête là. Il n'y a pas eu d'erreur, il s'agit bel et bien de ton traitement.

— Mais je croyais que les trois couleurs de traitement correspondaient à différents niveaux de dangerosité : vert le plus léger, bleu celui du milieu et rouge étant le traitement final, dit le petit garçon perplexe. Et puis, j'ai bien senti que le traitement était beaucoup plus fort que d'habitude.

L'enfant en sait décidément trop, pense l'infirmier. Ses patients communiquent entre eux apparemment plus que ce qu'il s'était imaginé.

— Oui, c'est exact, confirme prudemment l'homme en blouse blanche. Mais la différence entre les deux traitements est presque négligeable. Tu verras, tu t'y habitueras très vite.

L'enfant en doute. Après l'expérience de ce matin, il n'éprouve aucune envie de continuer à le prendre.

— Mais je croyais qu'il fallait l'accord de mes parents pour changer mon traitement, proteste le petit garçon.

— Tes parents sont au courant.

— Vous mentez ! Jamais ils n'accepteraient une telle chose …

L'infirmier n'ose pas croiser le regard de l'enfant. Il ouvre l'un des tiroirs de son bureau et en sort une pile de papiers qu'il pose devant le petit garçon.

— Qu'est-ce que c'est ?

Il contemple le papier sans comprendre. Comme tous les habitants du niveau -100, il n'a jamais appris à lire et il n'a donc pas la moindre idée de ce dont il s'agit.

— C'est l'autorisation de changement de traitement signé par tes parents.

— Et vous pensez que je vais vous croire sur parole ? Je refuse de recevoir les injections tant que mes parents ne seront pas venus eux-mêmes m'annoncer la nouvelle.

L'infirmier se passe la main dans les cheveux. Il ne sait pas trop quoi faire. Depuis l'incident avec Céleste et Etoile, c'est la première fois qu'un de ses petits patients ose remettre en cause l'autorité médicale. À l'époque, c'était Charles, le mari de Diane, qui s'était chargé d'elles. Bien qu'il travaille dans ce département, l'infirmier n'est pas pour autant un monstre. Il ne compte certainement pas appliquer les méthodes de cet infâme personnage. Surtout quand on considère comment toute cette histoire s'est terminée … L'infirmier acquiesce donc et annonce au petit garçon qu'il va parler avec ses parents.

L'enfant passe les vingt-quatre prochaines heures cloîtré dans sa chambre. Bien que son estomac grogne de mécontentement, il n'ose pas se rendre aux repas. Il a trop peur de manquer la visite de ses parents. Il place tous ces espoirs dans cette rencontre. Jamais sa mère ne le trahira. Le choc est donc rude quand cette dernière lui confirme avoir signé les papiers. Le petit garçon a du mal à en croire ses oreilles.

— Mais pourquoi ? ne peut-il s'empêcher de demander.

— Qu'est-ce que tu crois ? Que nous roulons sur l'or ? Le traitement de Rayna coûte une fortune. Et il nous faut aussi payer l'école de Léa. Mais elle fait de tels progrès ces derniers temps, cela en vaut vraiment la peine. Un avenir brillant l'attend, c'est à n'en pas douter. Et puis, nous devons aussi penser à l'avenir, mettre des sous de côté, si nous ne voulons pas devoir retourner au niveau -100.

— Alors, vous comptez me sacrifier pour pouvoir mener la vie dont vous rêvez, constate le petit garçon amèrement.

— Et voilà que, une fois de plus, tu cherches à me faire passer pour un monstre ! Ne va pas me faire croire que les expériences sont si insupportables que cela. Si tu voyais l'état de ta petite sœur, tu comprendrais que tu n'as aucune raison de te plaindre. Quand je pense à quel point la pauvre enfant souffre, cela me brise le cœur. Mais tu n'as pas l'air de t'en préoccuper. Depuis que nous sommes arrivés à l'hôpital, tu n'as jamais cherché à avoir de ses nouvelles.

Le petit garçon trouve les accusations de sa mère parfaitement injustes. Après tout, si Rayna peut être soignée, c'est uniquement grâce à lui. Alors, comment peut-elle insinuer qu'il ne prend pas son rôle de grand frère au sérieux ? demande-t-il à la petite fille au cours de leur prochaine rencontre. Cette dernière laisse le petit garçon s'époumoner sans chercher à intervenir. Les drames familiaux sont ici monnaie courante. Une fois que le petit garçon s'est calmé, elle se contente de commenter :

— Tu sais, le traitement bleu n'est pas aussi horrible qu'il y paraît. Au début, c'est assez inconfortable, et puis on s'y habitue vite.

— Peut-être, mais je ne tiens pas à mourir.

Le petit garçon regrette ces paroles dès qu'elles ont quitté ses lèvres. Après tout, elle aussi reçoit ce traitement. Mais elle n'a pas l'air de s'en formaliser. Cela fait bien longtemps qu'elle s'est fait une raison. Et elle indique au petit garçon qu'il devrait en faire de même.

— Il serait temps que tu comprennes que nous sommes tous condamnés ici, quel que soit le traitement que nous prenions : rouge, bleu et même vert. Même si tu n'avais pas parlé à l'infirmier, ils auraient fini par changer ton traitement : c'était inéluctable. Tout comme il est inévitable qu'un jour ou l'autre, toi et moi, nous recevions le traitement final. Le plus vite tu accepteras ton destin, le moins tu souffriras, fais-moi confiance.

Le petit garçon n'est pas encore prêt à se résigner. Il se fait la promesse de se battre jusqu'au bout, quoi qu'il arrive. Mais la petite fille a eu raison sur un point. Petit à petit, bien malgré lui, son corps commence à s'habituer à ces nouvelles injections quotidiennes. Si, au début, ces dernières lui provoquaient des malaises, des tremblements et d'intenses nausées, il ne ressent maintenant qu'un léger inconfort ainsi qu'une fatigue extrême. Mais cet état de léthargie permanent ne le dérange pas vraiment. Il l'empêche de penser. Et c'est grâce à cette torpeur que l'enfant parvient à échapper à la dépression qui le guette à chaque instant.

Le petit garçon a maintenant rejoint les rangs des autres sujets, constate l'infirmier avec soulagement. Une quelconque tentative de rébellion n'est désormais plus une possibilité.

CHAPITRE 5

Sophie a l'impression de tourner en rond, tel un poisson dans son bocal. Les médecins l'ont prévenue que le traitement risquait de la fatiguer. Pourtant, comparée aux mois précédents, Sophie semble avoir regagné une énergie nouvelle. Aussi, elle tourne et vire dans sa chambre. Elle essaye désespérément d'y mettre de l'ordre. Pas facile quand on considère la montagne de cadeaux inutiles envoyés par ses camarades du lycée : des ballons (comme si elle avait trois ans), des ours en peluche (voir commentaire précédent), des chocolats (du noir alors que pourtant elle n'aime que le blanc), des fleurs (qui sèment leurs affreux pétales partout), des cartes de vœux (remplies de banalités) et toute autre sorte de bric-à-brac. Pas le choix, elle va devoir en balancer la moitié par la fenêtre. Sa chambre a beau être relativement grande (une trentaine de mètres carrés), elle ne l'est pas suffisamment pour permettre d'entasser toutes ces monstruosités sans que cela fasse désordre. Et Sophie aime l'ordre. Désespérée par l'immensité de la tâche à accomplir, Sophie ouvre la porte vitrée de sa chambre et se rend sur sa terrasse qui donne sur les jardins de l'hôpital. Elle a l'impression de devenir folle ici et l'air frais a au moins le mérite de l'aider à calmer ses nerfs.

— Le temps est magnifique aujourd'hui, n'est-ce pas ?

Sophie se retourne, surprise. Elle n'avait pas remarqué que le médecin était venu la rejoindre. Il s'excuse de devoir venir la chercher pour sa visite de contrôle, mais Sophie est plutôt heureuse de cette interruption. Une seule chose occupe ses pensées : s'enfuir de cet endroit aseptisé. Elle se sent tellement pleine d'énergie qu'elle est persuadée que le médecin accédera à sa requête.

Effectivement, une fois les examens terminés, il lui confirme ce dont elle se doutait déjà : elle répond remarquablement bien au traitement et son état de santé s'est considérablement amélioré.

— Je vais donc pouvoir retourner au lycée dans les jours qui viennent ? demande Sophie pleine d'espoir.

— Malheureusement, je crains que cela ne soit pas possible. Même si le cancer semble être vaincu, ce qui n'est pas encore le cas ici, nous ne pouvons pas nous permettre d'arrêter le traitement précipitamment. Sinon, nous courrons le risque d'une récidive et le mal sera encore plus difficile à éradiquer après.

Sophie éprouve des difficultés à masquer sa déception.

— Combien de temps me faudra-t-il rester ici alors ?

— En temps normal, il faut compter une bonne année. Mais au rythme où les choses vont, il est possible que vous soyez sorti d'ici six à neuf mois.

Une fois le médecin parti, Sophie s'engage dans un marathon d'appels téléphoniques. Ses plans viennent d'être réduits à néant et il lui faut donc en élaborer de nouveaux. Il est hors de question qu'elle laisse la maladie détruire son brillant avenir. Anna, sa meilleure amie depuis toujours, est la première que Sophie contacte.

— Sophie, comment vas-tu ? Je me disais justement qu'il fallait que je t'appelle. Cela fait des lustres que nous ne nous sommes pas parlé !

Effectivement, Anna avait appelé Sophie à son arrivée à l'hôpital. Et puis, elle n'avait jamais redonné de nouvelles. Sophie lui en veut et elle s'était jurée de ne plus lui parler, pour faire passer le message. Mais elle a besoin d'elle et de son esprit pragmatique.

— Pour ça, tu ne peux t'en prendre qu'à toi-même ! J'ai essayé à de nombreuses reprises de te joindre, mais je ne parviens jamais à t'avoir au bout du fil.

— Je sais, je sais. C'est entièrement de ma faute. Je ne cesse de me dire qu'il faut que je te rappelle, mais à chaque fois, j'ai quelque chose d'urgent à faire et ensuite j'oublie. Tu ne peux pas savoir à quel point je suis occupée ces derniers temps.

Sophie ne se sent pas vraiment d'humeur à se montrer indulgente. Surtout qu'il ne lui a pas échappée qu'Anna ne s'est même pas excusée. Mais il lui faut garder la tête froide. Quels que soient ses sentiments envers son amie d'enfance, elle a besoin de son aide. Anna est le genre de fille qui sait toujours quoi faire en n'importe quelle circonstance. Une aptitude que Sophie a appris à apprécier au fil des années. Elle l'écoute donc patiemment tandis que cette dernière lui relate les derniers potins de l'internat. Sophie se surprend malgré elle à éclater de rire. Elle avait oublié à quel point son amie pouvait se montrer amusante.

— Anna, en fait, si je t'ai appelé, c'est pour une raison précise.

Et Sophie lui relate les propos du médecin et lui fait part de ses inquiétudes pour son futur. La réponse de son interlocutrice la laisse sans voix.

— Tu ne t'en doutais pas ?

— Non, pourquoi aurais-je dû ?

— La coach nous a expliqué dès le début que le traitement de cette maladie était extrêmement long et que tu ne reviendrais pas à l'internat de sitôt. Donc j'ai assumé que tu étais au courant.

— Est-ce qu'elle m'a trouvé une remplaçante ? demande Sophie d'une voix tremblante.

Sophie a un nœud au ventre. Le lacrosse est toute sa vie. Si elle perd sa place de capitaine, elle ne sait pas ce qu'elle fera. Elle comptait supplier la coach d'attendre son retour. Mais si cette dernière a déjà trouvé quelqu'un …

— Une nouvelle fille a rejoint l'équipe. Il s'agit de Camille. Je ne sais pas si tu vois de qui je parle. Elle a des cheveux châtains, coupés aux épaules, et un physique assez quelconque : pas moche, mais pas spécialement jolie non plus. Elle est assez timide et réservée. Je me faisais un peu de soucis au début à ce sujet, mais au final elle s'intègre plutôt bien au reste de l'équipe. Et son jeu n'est pas si mal. Bon, elle a encore du travail à faire pour se mettre au niveau du reste de l'équipe, mais elle est volontaire et je pense qu'elle sera plus que prête quand la nouvelle saison commencera.

— Non, je veux dire : est-ce qu'elle m'a remplacé en tant que capitaine ?

— C'est-à-dire que …

Sophie se prépare au pire.

— Vas-y.

— Je ne voudrais pas que tu le prennes de la mauvaise façon, Sophie. Tu sais que tu es ma meilleure amie et que je ferais n'importe quoi pour toi. Mais quand la coach m'a proposé de prendre ta place en tant que capitaine …

Sophie respire. Elle ne comprend pas la réticence d'Anna à lui annoncer la nouvelle. C'est là la meilleure chose qu'elle pouvait espérer. Anna est son amie et elle la connaît. Elle ne s'opposera pas à elle quand elle voudra reprendre sa place le moment venu.

— Ne t'inquiète pas, Anna, je comprends parfaitement. Je suis même contente que ce soit toi qui me remplaces. Tu es la personne idéale ! Merci du fond du cœur d'assurer mes fonctions le temps que je revienne.

— Sophie, il faut que tu saches que …

— Quoi ?

— La coach a été plutôt claire sur le fait que ce remplacement était définitif.

— Anna, tu ne peux tout de même pas me faire ça ! Je croyais que nous étions amies …

— Je savais que tu le prendrais comme ça ! C'est d'ailleurs pour ça que j'hésitais à prendre de tes nouvelles. Tu as toujours été tellement égoïste … Tu as toujours tout eu : la fille la plus belle de l'internat, première de classe, capitaine de l'équipe, avec une famille richissime et un père ministre. Et moi, j'ai toujours vécu dans ton ombre et tu n'as jamais semblé t'en rendre compte. Et maintenant que c'est à mon tour d'être sous les feux de la gloire, tu voudrais que j'y renonce ! Je suis désolée, mais il en est hors de question. Si tu étais véritablement mon amie, tu te réjouirais pour moi au lieu de me faire des reproches.

Sophie a du mal à en croire ses oreilles. Alors qu'elle est hospitalisée, celle qu'elle considérait comme étant sa meilleure amie en profite pour la poignarder dans le dos. Elle savait qu'Anna était plutôt ambitieuse. Mais à ce point … Cela dépasse l'entendement ! Sophie n'est pas le genre de fille à baisser les bras. Elle décide d'appeler immédiatement la coach pour mettre les choses au point. Après ses prouesses au dernier match, elle ne peut tout de même pas lui retirer ainsi sa place, surtout sans l'en avoir avertie au préalable. Il s'agit sans aucun doute d'un malentendu. Dans son empressement de devenir capitaine, Anna a tout simplement mal interprété la situation, voilà tout ! Mais la coach réduit à néant tous ses espoirs :

— Tu sais, Sophie, ce n'est pas une décision que j'ai prise à la légère. J'ai longuement parlé avec les médecins de l'hôpital auparavant. Ils ont été clairs sur le fait que, bien que tes chances de guérison soient bonnes, ton rétablissement serait long et fastidieux. Et que tu ne regagnerais sans doute jamais tes capacités d'avant. Dans ces conditions, il paraît fort douteux que tu pourras encore jouer au lacrosse. En tout cas, pas au niveau exigé par l'établissement. C'est fort dommage, car tu étais le meilleur élément de l'équipe. La seule qui avait réellement une chance de devenir joueuse professionnelle. Mais ce sont là les aléas de la vie !

— Mais vous ne pouvez pas me renvoyer ainsi de l'équipe ! Pas après mes exploits au cours du dernier match. C'est tout de même grâce à moi que nous avons gagné le match le plus important de la saison !

— Crois-moi, Sophie, j'en suis bien consciente. Et si, j'avais le choix, je te garderais. Mais je dois penser à l'équipe avant tout. Nous sommes un établissement prestigieux et nous avons une réputation à tenir. Cela peut paraître cruel, mais je ne peux pas me permettre de conserver des joueuses qui ne soient pas au meilleur de leur forme, et cela quelles que soient leurs performances passées et quels que soient mes sentiments en la matière. Tu sais toi-même combien de sportifs talentueux ont vu leur carrière détruite du jour au lendemain à cause d'une quelconque blessure.

Sophie sent que la conversation est terminée. Il semble évident que, quoi qu'elle dise, elle ne pourra pas convaincre la coach de lui laisser une chance. Elle comprend les arguments de cette dernière, mais elle ne peut pas se ranger à son avis pour autant. Les médecins se fourvoient sur son compte. Si elle est parvenue à remporter le dernier match dans son état, rien ne lui est impossible. Elle en est persuadée. C'est ce qu'elle tente d'expliquer désespérément à la directrice de l'école. Tout se joue dans ce dernier appel téléphonique. Si elle parvient à convaincre cette dernière, la coach n'aura pas d'autre choix que de se ranger à son avis. Sinon … Sophie ne préfère pas y penser. Une réponse négative de sa part n'est pas une option.

— Je ne veux pas te déprimer, Sophie, surtout au vu de ton état de santé. Mais, avant de chercher à retrouver ta place au sein de l'équipe de lacrosse, il faudrait déjà voir si tu pourras retourner au lycée à ta sortie de l'hôpital. Tu sais, la coach de l'équipe n'est pas la seule à avoir parlé avec les médecins, je les ai moi-même contactés. Ton hospitalisation sera inévitablement de longue durée. Et, à ta sortie, tu devras continuer un traitement, avoir un régime alimentaire strict et passer des examens médicaux quotidiens. Tout cela ne sera pas possible à l'internat et tu devras donc retourner chez toi. Tu ne pourras donc pas regagner le lycée avant au minimum deux ans, c'est-à-dire juste avant les examens d'entrée à l'université. Et ça, c'est dans le meilleur des cas. J'en ai parlé avec tes parents et nous sommes arrivés à la conclusion que le meilleur pour toi serait que tu prépares les examens d'entrée avec des précepteurs.

— Mais, mes parents n'ont jamais rien mentionné de tout ça …

— J'imagine qu'ils attendent que ton état de santé se stabilise avant de t'en parler. C'est ce que je leur ai conseillé en tout cas.

Après avoir mis fin à l'appel, Sophie éclate en sanglots. Recroquevillée sur son lit, elle a l'impression d'être retombée en enfance. Et, comme tous les enfants en larmes, elle n'a qu'une envie : aller se blottir dans les bras de sa maman. Cette dernière n'étant pas là, Sophie doit se contenter d'entendre sa voix au téléphone. Sa mère, comme d'habitude, ne lui est pas d'un grand réconfort. Elle l'écoute d'une oreille discrète et ne semble pas vraiment saisir le problème. Décidément, elle ne changera jamais.

— Je ne comprends pas pourquoi tu t'inquiètes autant, ma chérie. Tu es belle et riche. Tu auras tous les hommes à tes pieds. Tu aurais déjà une foule de prétendants à ta porte si tu sortais comme les autres filles de ton âge au lieu de fréquenter ce stupide internat de filles. Je n'ai d'ailleurs jamais compris pourquoi ton père a tenu à t'envoyer là-bas.

— Mais, maman, tu sais bien que j'ai d'autres ambitions dans la vie que de faire un bon mariage ! Je veux aller à l'université de Ullington et étudier la médecine et aussi continuer à jouer au lacrosse.

— Je sais, je sais. Et ça aussi, j'ai du mal à le comprendre. Avec tout l'argent que tu vas recevoir en héritage, tu n'as nullement besoin de travailler un seul jour dans ta vie. Pour ce qui est d'intégrer l'université, tu sais très bien qu'un seul coup de fil de ton père au directeur et tu seras admise d'office.

— Combien de fois devrais-je te dire que je déteste le piston ?

— Même sans, je ne me fais pas de soucis pour toi. Tu es assez intelligente pour réussir haut la main les examens d'entrée même sans aller à l'école. Sans compter que ton père a assez d'argent pour te payer les meilleurs précepteurs du pays. Si tu y tiens, je peux m'arranger pour en trouver et les envoyer à l'hôpital dès lundi. Tu sais, Julia, la fille de Diane, voulait aussi devenir docteur comme ses deux parents. Elle n'est jamais allée à l'école pour autant et s'en sortait très bien. Sophie a envie de lui rétorquer que Julia ne s'en est pas si bien sortie que ça étant donné qu'elle est décédée quand elle avait son âge, mais elle s'abstient. Connaissant sa mère, cela ne servirait strictement à rien.

— Je vais en parler à ton père. Tu auras donc des professeurs à ta porte lundi à la première heure. En attendant, cesse de t'inquiéter pour rien.

Pour une fois, Clémence tient parole. Lundi matin, après avoir pris son petit déjeuner, Sophie découvre un professeur de mathématiques qui l'attend sur le pas de sa porte. L'homme est jeune et compétent et c'est un excellent pédagogue. Bien qu'il ne s'agisse pas de sa matière favorite, elle se surprend à apprécier grandement le cours. Sophie découvre avec plaisir qu'il en va de même de ses autres précepteurs. Ils ont été apparemment sélectionnés avec soin. Elle se doute que ce n'est pas grâce à sa mère. Elle se serait contentée de choisir des hommes séduisants sans se soucier de leurs aptitudes. Non, il s'agit là de l'œuvre de son père. Sophie songe un instant à l'appeler pour le remercier. Mais à quoi bon ? Elle tomberait sur sa secrétaire, lui laisserait un message et il ne la rappellerait jamais.

Sophie étudie en compagnie de ses précepteurs tous les matins. Elle retrouve enfin l'impression de prendre sa vie en main. Et puis, cela donne un sens à ses journées, sans quoi elle tomberait dans la dépression. Elle passe le reste de ses journées en compagnie de Rhéane, la seule autre résidente de son étage. Dans le bâtiment, les différents étages reflètent la catégorie sociale de ses occupants. Le rez-de-jardin, qu'occupent Rhéane et Sophie, est réservé à l'élite de la société, tandis que les derniers niveaux sont peuplés par des enfants provenant du niveau -100. Les premiers niveaux sont quasi déserts, le cancer épargnant en général les habitants de la surface tandis que le sommet du bâtiment est surpeuplé, sans aucun doute à cause de ces maudites mines d'uranium. D'une certaine façon, l'immeuble est une image inversée de la structure par niveau de la planète.

Sophie ne se sent que peu d'affinités avec sa voisine. Elles s'entendent bien, mais sans plus. Elles n'échangent que des banalités sans intérêt. Rhéane n'est pas le genre de personne à qui Sophie, de nature plutôt réservée, accepterait de s'ouvrir. Mais cela ne semble déranger aucune des deux jeunes filles. Sans cette pseudo-amitié, elles seraient toutes deux happées par la solitude dans cet enfer blanc et aseptisé.

Aussi, c'est les larmes aux yeux que Sophie fait ses adieux à Rhéane. Cette dernière a résidé à l'hôpital depuis bien plus longtemps qu'elle et est maintenant en état de quitter les lieux. Sophie a donc désormais tout le bas de l'hôpital pour elle. Au début, la situation lui est insupportable. Puis, une nouvelle routine s'installe et elle trouve petit à petit ses marques. Les matinées sont toujours consacrées aux cours, elle prend son repas de midi seule en lisant un livre et elle sort l'après-midi s'allonger sur l'herbe dans les jardins de l'hôpital. Malgré le regain d'énergie qu'elle a ressentie au début de traitement, la fatigue de la maladie est maintenant présente. Somnoler sous le soleil est la meilleure arme que Sophie est trouvée pour la combattre. En ce mois de mai, le temps est superbe.

Ses soirées, Sophie les passe désormais en compagnie de Diane, la directrice de l'hôpital. Elles parlent de tout. Mais principalement de Sophie, de sa vie d'avant, de ses perspectives d'avenir. Cette dernière admire de plus en plus sa marraine et écoute avidement ses conseils. Si elle éprouvait des doutes, ces derniers ont maintenant été balayés d'un revers de la main : Sophie est convaincue de vouloir marcher dans les pas de Diane en devenant elle aussi médecin.

— Mais le fait que je ne sois pas scolarisée ne risque-t-il pas de poser problème ?

— Je ne pense vraiment pas. Tu sais, tu n'es pas la première que je connais à préparer les examens d'admission en médecine de cette façon.

— Oui, ma mère m'a dit que c'était également le cas de Julia.

À la mention du nom de sa fille, la directrice de l'hôpital se raidit. Ne pas laisser paraître son désarroi lui demande un effort surhumain.

— Comment es-tu au courant pour Julia ?

— Ma mère m'a parlé d'elle.

Sophie sent bien que le sujet est délicat et qu'elle ferait mieux de ne pas continuer dans cette direction. Mais la curiosité la dévore.

— Elle m'a dit que je lui ressemble beaucoup.

Le visage de Diane se ferme encore plus. Quelques larmes menacent même de s'échapper. Après toutes ces années, la douleur est toujours aussi vive. Sophie s'en rend compte, mais il est trop tard pour réparer son erreur.

— Je suis désolée. Je n'aurais pas dû. Ma mère m'a raconté ce qui est arrivé à Julia et …

La peine se transforme en colère.

— Ta mère ne sait rien du tout, absolument rien. Elle n'était pas là quand Julia est décédée et elle n'a jamais cherché à savoir ce qui s'est passé.

Sophie est confuse.

— Mais elle m'a dit que mon père était ici quand cela s'est produit. J'imagine qu'il a dû lui raconter.

À la mention de Charles, la directrice devient folle de rage.

— Si tu avais réellement connaissance des événements, jamais tu n'oserais parler de ton père devant moi !

La réaction de Diane prend Sophie complètement aux dépourvues. La jeune fille ignore comment réagir, alors elle garde le silence. Elle laisse la directrice changer de sujet de conversation et ne cherche pas à la retenir quand elle prend congé quelques minutes plus tard.

Quand Diane quitte enfin la chambre de sa filleule, ses mains sont moites et son souffle haletant. Elle sait qu'il lui faut se calmer, mais elle n'y parvient pas. Elle regrette surtout de s'être emportée contre Sophie. Après tout, la jeune fille n'y est pour rien. Comment pourrait-elle se douter que Julia n'est pas morte des suites d'une maladie, comme son père l'a prétendu, mais a été assassinée ? Et comment pourrait-elle soupçonner le rôle que ce dernier a joué dans cette sombre histoire ? La discussion a eu au moins le mérite de faire revenir la directrice à la raison. S'attacher ainsi à Sophie est une erreur qu'elle ne peut pas se permettre. Elle aura sûrement besoin de se servir d'elle pour accomplir sa vengeance.

Sophie avait espéré que cette discussion ne jetterait pas un froid, mais cela ne semble pas être le cas. En effet, Diane a cessé de rendre des visites quotidiennes à la jeune malade et ces dernières manquent terriblement à Sophie. Au bout de trois longues soirées de solitude, elle décide d'aller frapper au bureau de la directrice. Il lui faut un moment pour dénicher ce dernier. Il ne se trouve pas dans le bâtiment dans lequel elle réside, comme elle le pensait, mais dans une autre des trois tours. « Cet immeuble sert également aux expériences médicales », lui indique le médecin qu'elle a interrogé. Sophie savait que l'hospice des Bermudes est un centre de recherche de haut niveau, l'un des meilleurs de la planète. Mais elle n'avait jamais cherché à savoir où ces recherches étaient menées. Elle se demande si elle aura l'occasion de visiter ces lieux. Elle interrogera la directrice à ce propos dès qu'elles se seront réconciliées, se promet-elle. Le sujet l'intéresse au plus haut point.

Quand elle arrive devant la porte en bois massif, Sophie hésite à frapper. Elle se demande comment elle sera reçue. Mais la directrice semble réellement heureuse de la voir.

— Entre, Sophie. Tu tombes à pic. Je pensais justement te rendre visite.

— Je tenais à m'excuser pour l'autre jour. Je …
Sophie bredouille. Elle ne sait pas trop de quoi au juste elle s'excuse. Heureusement, la directrice l'interrompt.

— Si tu n'y vois pas d'inconvénient, je préfère que nous oublions cette conversation et que nous ne réabordions plus jamais le sujet.

Sophie acquiesce, soulagée. Le téléphone de la directrice sonne et c'est un appel auquel elle doit répondre. La jeune fille en profite pour jeter un coup d'œil au bureau. Il est à l'image de sa propriétaire. Froid et austère en apparence. Mais quelques notes personnelles sont disséminées çà et là. Sur l'imposant bureau en bois noir se trouvent des photos. En s'approchant de plus près pour les examiner, Sophie est choquée : ce sont des photos d'elle. Elle se demande quand et comment Diane a obtenu ces clichés. Il lui faut un moment pour réaliser qu'elle n'a jamais porté ces vêtements et ne s'est jamais rendue aux endroits où ont été prises ces images. Ce n'est pas elle sur ces photos, mais Julia. La ressemblance est encore plus frappante que ce qu'elle s'était imaginé. Sophie aimerait tellement pouvoir en apprendre davantage sur son sosie. Une fois de plus, elle ne peut pas s'empêcher de penser que leurs destins sont liés. Et elle frissonne d'effroi à cette idée.

CHAPITRE 6

Plus rien ne distingue maintenant le petit garçon des autres pensionnaires du département. Il a l'œil morne et vitreux. Ses cheveux grisâtres tombent par poignée et les robes blanches de l'hôpital ne parviennent plus à cacher sa maigreur cadavérique. Mais tout cela lui est bien égal. Les journées se succèdent, semblables les unes aux autres, mais il n'a même plus conscience du temps qui file. Il continue à se rendre, jour après jour, à la salle des repas, mais plus par habitude que par envie de se nourrir. Et toujours, par habitude, il s'assoit à chaque fois à côté de la petite fille. La reconnaît-il vraiment ? Se souvient-il lui avoir parlé dans le passé ? C'est difficile à dire. Il n'attend plus rien de la vie et elle n'attend plus rien de lui. Plus rien ne le retient en ce bas monde. Enfin, c'était ce qu'il pensait jusqu'à cette journée fatidique.

Ce jour-là, le petit garçon est assis à sa place habituelle, entre la fenêtre et la petite fille. De là où il est, une vue imprenable sur les somptueux jardins s'offre à lui. Mais le petit garçon regarde sans vraiment voir. Cela fait bien longtemps que la beauté de ce monde lui est parfaitement indifférente. Jusqu'au moment où il aperçoit une jeune fille allongée dans l'herbe. Elle porte une robe bleu ciel à fines bretelles qui cache à peine une peau dorée. Ses cheveux blonds et bouclés sont éparpillés autour d'elle. Le petit garçon est obligé de retenir son souffle. De toute sa vie, jamais il n'a vu une personne aussi belle. Il se demande ce qu'elle fait là. Les anges sont faits pour être au paradis, pas en enfer. À partir de cet instant, le petit garçon ne vit plus que pour revoir cette fille aux cheveux blonds, celle qu'il considère désormais comme son ange gardien. Et, à pratiquement chaque déjeuner, son souhait est exaucé. Dans cet endroit horrible, soumis à des expériences médicales pénibles et douloureuses, le petit garçon est parvenu à dénicher sa parcelle de bonheur.

La petite fille a remarqué un soudain changement chez son voisin de table. Il passe son repas à regarder par la fenêtre, avec un sourire béat. Il reste là, bien après que tout le monde soit parti, dans ce but. Il semble avoir perdu toute notion du temps. Il s'agit là d'un comportement plutôt inhabituel pour quelqu'un qui a été soumis au traitement bleu depuis quelque temps déjà. Elle ne sait que trop en penser et s'en demande la raison …

Le petit garçon répond à ses interrogations d'un simple mouvement de doigt. Elle remarque que son index pointe vers une forme, dans l'herbe. Curieuse, elle se penche pour mieux observer et ce qu'elle voit la laisse stupéfaite. Là, allongée dans l'herbe, se trouve une jeune fille en parfaite santé. La regarder lui est insupportable. Cela lui fait se souvenir. Elle se rappelle que, il y a longtemps de cela, elle aussi a été belle. Elle portait elle aussi de courtes robes d'été qui laissaient apercevoir ses formes. Et les garçons la regardaient de la même manière que le petit garçon observe la jeune fille. Elle sait que plus jamais personne ne la regardera de cette façon, même pas le petit garçon. Et cela lui fait mal.

— Et alors ? Je ne vois pas ce que tu lui trouves, à cette fille. Elle est quelconque.

— Quelconque ? Comment peux-tu dire cela ? On dirait un ange tombé du ciel. Je n'ai jamais vu une fille aussi belle qu'elle.

— Ma parole ! Pour un peu, je croirais que tu es tombé amoureux d'elle !

Le petit garçon ne sait que répondre. Il se demande si la petite fille n'aurait peut-être pas raison.

— Dans ce cas-là, je préfère te prévenir : il vaut mieux que tu abandonnes. Nous n'appartenons plus au même monde qu'eux. Ils préfèrent nous éviter et prétendre que nous n'existons pas. Nous les répugnons. Tu as bien dû t'en rendre compte.

— Ce n'est pas vrai. Elle est différente des autres. C'est un ange, il n'y a qu'à la regarder pour le savoir. Tu es juste jalouse. Jalouse et méchante !

— Si c'est ce que tu crois, rien ne t'empêche d'aller la retrouver. On verra bien qui avait raison.

— C'est autorisé ? De sortir de l'immeuble ?

— Je ne sais pas. En tout cas, ce n'est pas interdit non plus. Mais, à ma connaissance, personne ne l'a jamais fait. Tu peux toujours tenter le coup.

La petite fille hésite un moment avant d'ajouter d'une voix plus douce :

— À ta place, je ne m'y risquerais pas. Ils pourraient décider de te donner le traitement rouge. Aussi belle soit-elle, cela n'en vaut pas la peine.

Elle regrette d'avoir planté cette idée folle dans la tête du petit garçon. Quand elle lui en a parlé, elle a vu ces yeux s'illuminer. Mais, au fond d'elle-même, elle sait que cela ne changera rien. De toute façon, le petit garçon est condamné. Ils le sont tous ici. Ce n'est qu'une question de temps. Non, ce qui l'angoisse vraiment sans qu'elle ne puisse se l'avouer, c'est qu'elle se soit trompée au sujet de la jeune fille. Depuis qu'elle est ici, tous les gens qui comptaient dans sa vie l'ont désertée. Elle ne tient pas à perdre son nouvel ami à son tour. Mais elle sait que, avec son crâne dégarni et sa peau fripée, elle ne fera jamais le poids face à l'ange aux cheveux blonds.

Comme le craint la petite fille, le petit garçon est maintenant déterminé à aller à la rencontre de celle qu'il considère comme son ange gardien. Il se fiche des conséquences. Quitte à mourir, autant le faire par amour. Le petit garçon se dirige donc d'un pas déterminé vers la porte de sortie. À sa grande surprise, personne ne cherche à l'arrêter.

Quand il prend enfin son courage à deux mains et s'approche d'elle, la première chose que le garçon remarque est qu'il ne s'est pas trompé. Il s'agit bel et bien d'un ange. Ses longs cheveux blonds recouvrent le tapis verdoyant de part et d'autre de son frêle corps, donnant l'impression d'être des ailes. Les yeux mi-clos, la créature céleste prend un bain de soleil. Puis, elle remarque sa présence et s'accoude pour mieux le dévisager. Elle ne semble pas rebutée par l'apparence de zombie du petit garçon. Intimidé, ce dernier ne parvient qu'à marmonner une vague réponse aux salutations de la jeune fille. Celle-ci entreprend néanmoins de se présenter en bonne et due forme.

— Je m'appelle Sophie. Sophie Veritas. Et toi ?

Le petit garçon se trouve bien embêté. Cela fait tellement longtemps que personne ne lui a demandé son nom … Impossible de s'en rappeler ! Pourtant, il a l'impression de l'avoir sur le bout de sa langue. Mais, à chaque fois qu'il est sur le point de s'en souvenir, son nom lui échappe. Encore et encore. Il ne peut décemment l'avouer à Sophie. Elle se moquerait sans aucun doute de lui. Ou pire, elle penserait qu'il est stupide. Alors, il se contente de lui répondre :

— Cela n'a pas la moindre importance.

Et, en effet, cela n'est pas vraiment important. Après tout, une personne qui s'apprête à mourir a-t-elle besoin d'un nom ? Sophie est désemparée par cette réponse. Tout comme par son apparence. Elle n'a jamais vu une personne en si piteux état. Mais elle tâche de ne rien en laisser paraître. Cela serait le comble de l'impolitesse. Et Sophie est une jeune fille extrêmement polie. Elle se dit qu'il vient sûrement tout juste d'arriver de l'un des niveaux souterrains. Elle a entendu dire que le cancer fait des ravages là-bas. Heureusement, le gouvernement a mis en place un programme spécial afin d'aider les pauvres enfants malades. Le petit garçon doit certainement en bénéficier. Il recevra le traitement et, très vite, son état s'améliorera.

La rencontre entre le petit garçon et la jeune fille n'a pas échappé à la petite fille. Son masque d'indifférence s'est effrité et elle n'a pas pu s'empêcher de rester dans le réfectoire après le repas pour observer la scène. Et ce qu'elle a vu lui fait mal, terriblement mal. Encore plus que l'infâme liquide bleu qui circule dans ses veines. Cela fait tellement longtemps qu'elle n'avait plus rien ressenti … Elle ne sait pas quoi faire de cette jalousie qui la ronge de l'intérieur. Le lendemain, quand le petit garçon tente de lui faire part de cette incroyable rencontre, il se heurte à un mur infranchissable. IL ne comprend pas la réaction de la petite fille. Il est à mille lieues de se douter des sentiments de cette dernière. Il se contente de mettre cela sur le compte de sa morosité habituelle.

Sous le regard désespéré de la petite fille, le petit garçon continue à retrouver Sophie jour après jour. Il guette son arrivée dans le réfectoire et se précipite dans les jardins de l'hôpital dès qu'il l'aperçoit. Il ne vit plus que pour ces moments-là. Sophie lui raconte sa vie sous le soleil dans les moindres détails. Il est fasciné par ces récits. Ils le transportent dans un autre monde, loin de l'hôpital, où le liquide bleu n'existe pas. Il se met à rêver que lui aussi appartient à cet univers merveilleux et qu'il aurait rencontré Sophie là-bas et qu'ils joueraient ensemble à ce jeu où il faut attraper une balle avec un filet et dont le but et les règles lui échappent.

Sophie apprécie également la présence du petit garçon. Chaque jour, elle attend son arrivée avec impatience et il ne la déçoit jamais. Cela faisait tellement longtemps que personne ne l'avait écoutée qu'elle avait oublié l'effet que cela faisait. Et son nouvel ami ne semble pas considérer cela comme une corvée. Non, il semble réellement passionné par toutes les choses ennuyeuses qu'elle raconte. Au moins, sa présence à l'hôpital a un but : elle permet de divertir un enfant malade. Un enfant dont elle ne sait trop que penser. Malgré tous ses efforts, elle n'est rien parvenue à savoir à son sujet, même pas son nom. N'ont-ils donc pas de nom dans les niveaux souterrains ? Sophie s'est rendu compte qu'elle ne connaît pas grand-chose de la vie de ceux qui peuplent les profondeurs de la terre. Et ce n'est pas son nouveau compagnon qui pourra la renseigner à ce sujet. Il ne se souvient de rien. Pour un peu, on croirait qu'il n'a jamais vécu en dehors de l'hôpital. Mais, ce qui intrigue le plus Sophie, c'est son état de santé. Le traitement prodigué à l'hôpital est d'une efficacité redoutable, comme elle a pu le constater. Alors pourquoi l'état du petit garçon ne semble-t-il pas s'améliorer ? Au contraire, elle a même l'impression que ce dernier se détériore de jour en jour. Elle aurait bien aimé poser la question aux médecins, mais elle ignore comment l'enfant s'appelle. Il lui faut plus d'information, si elle veut obtenir des renseignements fiables. Aussi demande-t-elle à l'enfant où il réside. Cela, au moins, il devrait le savoir. Mais quelle n'est pas sa surprise quand le petit garçon lui indique le bâtiment des expériences médicales ! Sophie n'y comprend plus rien …

— Tu es sûr que c'est là que tu habites ? Ce n'est pas plutôt dans ce bâtiment-ci ? Personne n'habite là-bas …

— Tu te trompes alors … C'est bien là que je vis. Et de nombreux autres enfants y vivent aussi …

Sophie est perplexe. Elle se dit que le bâtiment destiné aux malades doit sûrement être surchargé, et qu'ils ont dû transférer une partie des patients dans la troisième tour. Oui, c'est certainement de cela qu'il s'agit. Mais, quand elle interroge l'infirmier à ce sujet, il lui répond que personne ne réside dans cet immeuble. Il est uniquement destiné aux expériences médicales, pas aux soins.

Le petit garçon ne semble pas avoir remarqué les questionnements de sa nouvelle amie. Il est tellement obnubilé par les histoires de la jeune fille, il ne parvient à prêter attention à rien d'autre. Il ne remarque donc pas que la petite fille l'évite chaque jour un peu plus, et qu'elle a même été jusqu'à changer de place dans le réfectoire dans ce but. Il ne remarque pas non plus que l'état de cette dernière se dégrade à une vitesse affolante, comme si elle recevait le traitement final. Et il ignore que, chaque jour, la petite fille l'observe discuter avec Sophie depuis la fenêtre du réfectoire et que cette vision la dévore de l'intérieur.

La petite fille n'est pas la seule à espionner ainsi leurs rencontres. Debout derrière la baie vitrée de son bureau, l'infirmier passe également de longues heures à regarder les deux enfants. Et ce qu'il voit ne lui plaît vraiment pas. Même s'il est heureux que l'un de ses patients ait réussi à retrouver un semblant de bonheur, la situation l'embête. Sortir dans les jardins de l'hôpital n'est pas en soi interdit, mais c'est là quelque chose d'inhabituel. Surtout pour quelqu'un qui reçoit le traitement bleu. Et ce qui sort de l'ordinaire n'est jamais bon, l'expérience le lui a appris. Il ne sait donc pas comment réagir face au comportement du petit garçon. Il avait espéré que cette lubie allait lui passer. Mais il voit bien que cela n'est pas le cas. Bien au contraire. Si ce n'était pas pour la jeune fille qu'il y avait rencontrée, il aurait certainement cessé de déambuler ainsi dans les jardins. L'infirmier se demande d'ailleurs qui est cette fille. Il espère qu'il s'agit de l'un de membres de la famille du petit garçon. À ce moment-là, son comportement pourrait être excusé. Il faut absolument qu'il se renseigne à son sujet. Et l'infirmier se met en quête de la fille aux cheveux blonds.

Il lui faut un moment pour dénicher l'identité de cette dernière. Elle ne réside pas dans le bâtiment destiné aux familles des malades, comme il le pensait originellement. Cela signifie donc qu'elle fait partie des patients de l'hôpital. L'infirmier inspecte donc méthodiquement, étage par étage, l'immeuble en question. Il commence par les niveaux supérieurs : il se doute que la jeune fille doit être d'un statut social équivalent à celui du petit garçon. Et, quand sa recherche n'aboutit pas, il descend de plus en plus bas. Quand il arrive au niveau du rez-de-jardin, il n'y croit plus. Pourtant, il se rend compte que c'est là que réside sa cible. Et que cette dernière n'est nulle autre que la filleule de la directrice. Cette nouvelle change tout. Il n'a maintenant plus le choix : il lui faut agir. Et tant pis pour les conséquences pour le petit garçon ! Bien qu'il ne ressente que peu d'amitié pour la directrice, elle a déjà perdu sa fille. Même elle ne mérite pas de perdre sa filleule dans les mêmes circonstances. À contrecœur, l'infirmier se met donc en route pour informer Diane Fontaine, la directrice de l'hôpital, des récents événements.

Quand il arrive devant la porte en bois massif, le doute l'assaille. Il faut un moment à l'infirmier pour parvenir à rassembler ses esprits et se décider à frapper à la porte du bureau de la directrice. Quand la réponse se fait attendre, l'infirmier espère pensant un moment que cette dernière est absente. Cela lui donnerait une excuse pour reconsidérer sa décision. Mais la directrice est bien là et lui intime l'ordre d'entrer. L'infirmier pousse un dernier soupir et ouvre la porte. Le glas a sonné pour son protégé.

Quand il pénètre dans la salle, Diane Fontaine est debout près de la fenêtre en train de contempler les jardins de l'hôpital. Une occupation plutôt inhabituelle pour elle. L'infirmier s'approche d'elle et regarde à son tour par la baie vitrée. C'est alors qu'il réalise que la directrice est en train d'observer les deux enfants. Ils sont, comme à leur habitude, allongés dans l'herbe et se tiennent par la main. L'infirmier montre ces derniers du doigt :

— C'est de cela dont je voulais vous parler. Mais, apparemment, je ne vous apprends rien.

La directrice reste silencieuse. Puis, après un moment qui semble durer une éternité, elle daigne enfin adresser un regard à son interlocuteur :

— Cela rappelle des souvenirs, n'est-ce pas ?

De tous les employés de l'époque de son mari, l'infirmier est le seul qu'elle n'ait pas remplacé, le seul qui puisse comprendre. Et, en effet, il saisit immédiatement le sens de ses propos. Des propos qui mettent l'infirmier extrêmement mal à l'aise. Ils lui rappellent le sinistre rôle qu'il a joué dans cette affaire. Mais également le fait qu'il n'ai jamais dit toute la vérité à Diane sur ce qui s'est passé. Pourtant, en tant que mère, elle méritait de savoir. Mais c'est Julia qui lui avait demandé de taire cette partie de l'histoire. À l'époque, il était fou amoureux de Julia. Jamais il ne serait allé à l'encontre de ses souhaits …

— À votre avis, que devrions-nous faire ? lui demande-t-il.

— Rien, pour le moment.

L'infirmier est surpris de cette réponse.

— Mais, vous n'avez pas peur que cela se reproduise ?

La directrice se contente de hausser les épaules. Comment pourrait-elle lui avouer que c'est ce qu'elle espère ?

— De toute façon, ils ne pourront pas continuer comme cela bien longtemps.

L'infirmier en est bien conscient. Mais il se dit que chaque instant de gagné est une victoire.

Une fois son visiteur parti, la directrice continue d'observer les deux enfants à travers la baie vitrée. Elle réalise alors qu'elle ne connaît même pas le prénom du petit garçon. Sur son ordinateur, l'infirmière ouvre le dossier médical de l'enfant. À sa grande surprise, l'information n'y figure pas. Tous les champs ont été remplis, le nom de la famille, l'âge, l'adresse au niveau -100 … mais aucune mention du prénom. Il en est sans doute mieux ainsi, se dit Diane. Dans le département, ils préfèrent utiliser les numéros de dossier pour parler des sujets. Cela évite de trop s'y attacher. Et puis, de toute façon, leurs vies sont trop courtes pour que l'on se souvienne d'eux.

Bien que sa supérieure ne lui en ait pas donné l'ordre, l'infirmier se fait un devoir de garder un œil sur les deux enfants. Dès qu'il a un instant de libre, il les observe depuis la fenêtre de son bureau. Le petit garçon continue de passer ses après-midis avec Sophie et ne semble pas être conscient du drame qui est en train de se jouer autour de lui ni de l'espionnage dont il est l'objet. Sophie, quant à elle, tente toujours de percer le mystère de l'état de santé du petit garçon :

— Tu étais très malade quand tu étais venu ici ?

Elle n'ose pas lui demander directement ce que disent les médecins de son cas. Si le pronostic est mauvais, elle a peur que cela le fasse souffrir.

— Malade ? Non, il ne me semble pas … Mais je ne suis pas sûr. Cela fait tellement longtemps … Je ne me souviens pas vraiment.

— Enfin, tu devais bien être malade. Sinon, pourquoi t'aurait-on amené ici ? Et pourquoi recevrais-tu un traitement ?

Le petit garçon ne comprend pas vraiment la question de Sophie. Quel est le rapport entre le traitement et une quelconque maladie ?

— Tu te trompes. Les gens qui arrivent ici sont plutôt en bonne santé. C'est le traitement qui les rend malades.

— Dans un premier temps oui, le traitement affaibli un peu. Mais ensuite, très vite, on va mieux.

— Ça, c'est que disent les médecins. Mais il ne faut pas les croire. Enfin, c'est peut-être vrai pour le traitement vert. Mais certainement pas pour le traitement bleu, celui que je prends, et encore moins pour le rouge.

— Le rouge ?

— On l'appelle aussi le traitement final. Parce que, quand ils décident de vous passer au traitement rouge, c'est que c'est la fin. Les enfants qui le prennent se transforment en zombie et ensuite, ils sont trop malades pour quitter leur chambre. Et puis, un beau jour, ils quittent l'hôpital les deux pieds devant et on ne les revoit plus jamais.

Sophie a du mal à comprendre. Les mots du petit garçon n'ont pas le moindre sens.

— Qu'est-ce que tu veux dire par là ? Ils quittent peut-être l'hôpital parce qu'ils sont guéris ?

Le petit garçon n'a pas envie de dire le mot à voix haute à Sophie. Cela rendra la situation réelle. Mais il a besoin qu'elle comprenne. Il faut qu'elle comprenne.

— Non, personne ne quitte l'hôpital vivant. On commence tous par le traitement vert, on est un peu malade, mais en bon état puis on continue sur le traitement bleu et ensuite sur le rouge jusqu'à ce qu'on en meure. C'est pour ça qu'on l'appelle le traitement final.

— Tu dois te tromper. Peut-être qu'il vous change le traitement parce que celui d'avant n'était pas assez fort pour contrer la maladie …

— Mais personne ici n'est malade. Les malades sont dans ce bâtiment-là, dit-il en indiquant la tour où réside Sophie.

— Mais si les enfants là-bas ne sont pas malades, alors pourquoi reçoivent-ils un traitement ?

Sophie a la chair de poule. Elle connaît déjà la réponse à cette question. Mais elle a besoin de l'entendre de la bouche du petit garçon.

— C'est le département des expériences scientifiques. Je ne sais pas pourquoi ils appellent le traitement ainsi. C'est un peu hypocrite de leur part …

— Mais tes parents sont au courant de ça ? Pourquoi ont-ils accepté une chose pareille ?

— Oui, bien sûr qu'ils savent. Ils ont fait ça pour l'argent. Je ne me rappelle plus vraiment des détails, mais ils devaient en avoir besoin. Tout ce que je sais c'est que les familles reçoivent une somme différente en fonction du traitement choisie.

Et dire qu'elle pensait qu'il ne pouvait pas y avoir pires parents que les siens, songe Sophie. La situation tout entière lui donne des hauts le cœur. Elle a du mal à concevoir que sa marraine puisse tremper dans un si sombre business. Mais, en tant que directrice, elle doit bien être au courant de ce qui se passe au sein de son hôpital. En tout cas, cela explique son refus de lui faire visiter le centre de recherche. Il va falloir qu'elles aient une sérieuse discussion à ce sujet ! Peut-être qu'elle pourrait user de ses connexions pour sortir le petit garçon de ce pétrin, espère Sophie. En attendant …

— Il faut que tu arrêtes de prendre le traitement !

— Pardon ?

— Il faut que tu arrêtes de prendre le traitement, répète Sophie. Je vais essayer de voir ce que je peux faire pour toi. La directrice est ma marraine et je suis sûre que si je lui demande … Mais, en attendant, il faut que tu arrêtes de prendre le traitement. Chaque jour qui passe, tu te transformes en véritable zombie. Si tu continues comme ça …

Sophie n'a pas besoin de finir sa phrase. La vitesse à laquelle se dégrade son état de santé n'a pas échappé au petit garçon. Mais il ne peut pour autant se ranger à l'avis de son amie.

— Ce n'est pas quelque chose que je peux faire. Les médecins le remarqueraient sans aucun doute. Pour l'instant, ils n'ont rien dit pour mes escapades dans le parc. Je ne pense pas qu'ils soient au courant. Mais je ne tiens pas à attirer leur attention.

— Et tu ne peux pas faire semblant de prendre le traitement   ?

— Ce serait difficilement réalisable.

Le petit garçon lui explique en détail le procédé d'administration du liquide bleu.

— D'accord, je comprends. Je vais en parler à ma marraine dès ce soir. Je te le promets. Je vais tout faire pour que tu n'aies plus jamais à endurer une autre injection. Tu peux compter sur moi.

Depuis qu'il est arrivé à l'hôpital, le petit garçon a vite compris qu'il ne peut compter sur personne pour lui venir en aide. Mais, à ce moment-là, l'enfant ne peut pas s'empêcher d'espérer. Depuis qu'il l'a aperçue, il est convaincu qu'il s'agit de son ange gardien. Et un ange gardien ne laisserait jamais tomber son protégé, n'est-ce pas ? Le petit garçon s'endort donc cette nuit le cœur léger, persuadé que son calvaire est enfin terminé.

De son côté, Sophie fait tout son possible pour tenir sa promesse. Elle a hâte de parler avec sa marraine et de pouvoir annoncer la bonne nouvelle à son nouvel ami. Elle a même songé pendant un instant à aller frapper au bureau de la directrice. Mais elle a décidé à la dernière minute de s'abstenir. Cette dernière est sans doute occupée et elle a besoin de la trouver dans les meilleures dispositions possibles. Un refus n'est pas une option.

Diane ne semble pas surprise quand sa filleule lui explique le problème. Cela confirme les soupçons de Sophie : la directrice est bel et bien au courant des expériences scientifiques qui sont effectuées sur les enfants. La jeune fille est déçue, extrêmement déçue. Elle vouait une admiration sans bornes à sa marraine et rêvait de suivre son chemin. Elle se sent trahie. Mais sa déception n'est rien par rapport à ce qu'elle ressent quand Diane refuse d'épargner le petit garçon. Sophie trouve sa marraine sans cœur. Et elle ne se gêne pas pour lui faire savoir.

— Oui, tu as sans doute raison, lui répond Diane. Mais, au moins, je ne me voile pas la face. Tu crois peut-être valoir mieux que moi parce que tu te préoccupes du sort d'un pauvre enfant, mais laisse-moi te dire que tu te trompes. Avant de le rencontrer, est-ce que tu t'es posée des questions sur les conditions de vie dans les niveaux souterrains ? Est-ce que tu as été protestée contre le travail des mineurs ? Je suppose que, comme tous, tu es bien au courant du lien qui existe entre l'uranium appauvri et le cancer ? Et pourtant, cela ne t'a jamais dérangé jusqu'à présent qu'une majeure partie de la population vive à proximité de ce poison. Je te trouve mal placée pour me faire des reproches.

— C'est peut-être vrai. Mais, maintenant que je connais le petit garçon, les choses sont différentes. Je ne peux tout de même pas rester les bras croisés et regarder ce pauvre enfant mourir à petit feu !

— Et les autres enfants qui sont soumis aux expériences médicales ? Ils ne méritent pas d'être sauvés ? Pourquoi penses-tu que ce garçon vaille mieux que les autres ?

Sophie ne trouve pas quoi répondre. Une petite partie d'elle-même ne peut s'empêcher de penser que sa marraine a raison. Cette dernière remarque bien qu'elle est en train de gagner la partie. Aussi, elle enfonce le clou :

— Tu ne pourras pas me faire croire que tu aies développé une quelconque amitié avec cet enfant alors que tu ne connais même pas son nom.

— Ce n'est pas faute d'avoir essayé. C'est juste qu'il ne parvient pas à s'en souvenir.

— Il est évident que ce garçon est retardé. Ma foi, ce n'est pas vraiment surprenant. La majeure partie des gens qui vivent dans les niveaux inférieurs le sont. Tu découvriras, ma petite Sophie, que les personnes intelligentes et travailleuses trouvent toujours un moyen de s'en sortir. Elles étudient, se donnent à fond, grimpent les échelons. Ce n'est apparemment pas le cas de la famille de ton protégé. Et il ne semble pas valoir mieux qu'eux.

Sophie est révoltée par l'injustice de ces propos. Mais, la vie lui a appris que, parfois, il est préférable de se taire. Et elle sait qu'il s'agit de l'un de ces moments-là. Elle se contente donc d'acquiescer à ce long discours et annonce à sa marraine qu'elle va y réfléchir.

Après avoir laissé sa filleule, la directrice ne peut pas s'empêcher de penser qu'elle a été dure avec cette dernière. Mais c'est pour la bonne cause, se dit-elle. Sophie lui rappelle Julia essayant désespérément de sauver Céleste. Une voie que sa fille aurait mieux fait de ne pas suivre. Si ses paroles peuvent éviter à Sophie de prendre le même chemin, alors cela vaut la peine de se faire détester. Même s'il y aurait là une sorte de justice. Armand, le père de Sophie, se retrouverait alors exactement dans la même position qu'elle il y a une quinzaine d'années. Une façon de le faire payer pour ses crimes, qui assouvirait enfin le besoin de vengeance de Diane.

De son côté, Sophie décide de ne pas se laisser abattre par ce refus. Elle se met en quête d'une solution. Étant dotée d'une intelligence peu commune, il ne lui faut que peu de temps pour la dénicher. Une solution temporaire, certes. Mais cela vaut mieux que rien.

Le lendemain, le petit garçon se rend à son rendez-vous quotidien avec Sophie le cœur lourd. Ce matin-là, le petit garçon s'était levé, persuadé de ne plus jamais avoir à recevoir d'injection. Aussi, sa déception avait été immense lorsque personne n'était venu lui annoncer un quelconque changement de statut et qu'il avait dû, comme à son habitude, se rendre à la salle des traitements.

— Alors, tu as pu parler à la directrice ?

Le petit garçon espère de tout son cœur que ce n'est pas le cas. Cela lui permettrait d'espérer, ne serait-ce qu'un petit peu.

— Oui.

Sophie n'ose pas croiser le regard du petit garçon. Elle ne sait pas comment expliquer le refus de sa marraine sans la faire passer pour un monstre. Et, quoi qu'elle ait pu dire ou faire, Sophie conserve une profonde admiration pour cette dernière.

— Elle a refusé, n'est-ce pas ? Ce n'est pas bien grave. Après tout, je m'y attendais.

— Ne t'en fais pas. J'ai trouvé une solution.

Et Sophie lui tend le subterfuge qu'elle a si savamment préparé. Le petit garçon le regarde d'un air sceptique. Il ne comprend pas où elle veut en venir.

— Un ours en peluche ? Il est mignon, mais je ne vois pas en quoi cela pourrait m'aider.

— On dirait un ours en peluche tout ce qu'il y a de plus normal, n'est-ce pas ? Mais si tu l'ouvres ici …
Sophie tire sur une fermeture éclair dissimulée dans le dos de l'animal. Elle en sort un cathéter, semblable à celui implanté dans l'avant-bras du petit garçon.

— Je me suis renseignée. Et il se trouve que le cathéter contient une micropuce qui est détectée par le système automatique d'injection. Cela veut dire que si tu places le nounours ouvert ainsi sur l'accoudoir de la chaise, la machine injectera le produit dans l'ours en peluche et non dans ton bras.
Sophie extrait le cathéter du corps du nounours. Une fiole transparente est connectée au bout de ce dernier.

— Une fois de retour dans ta chambre, il te suffira de vider le liquide dans les toilettes. Et hop, ni vu ni connu !
Le petit garçon reçoit le jouet avec des mains tremblantes. L'ours en peluche est tellement beau. Il est en parfait état, on le croirait neuf. Sa fourrure est d'un blanc immaculé et d'une douceur incomparable. Durant sa brève existence, le petit garçon n'a jamais rien possédé d'aussi précieux.

— Je ne peux pas accepter. La peluche doit valoir une fortune. Je n'ai rien à te donner en échange. Et je ne serais sûrement jamais capable de te rembourser.

Sophie a du mal à comprendre la réaction du petit garçon. Il ne s'agit que d'un stupide jouet pour enfant. Il n'y a pas de quoi en faire tout un foin. En plus, il lui a été offert par Anna, à son arrivée à l'hôpital. Elle est donc d'une certaine façon contente d'en être débarrassée.

Le lendemain, le petit garçon se trimballe toute la journée avec sa peluche dans les mains. Il a peur que quelqu'un le remarque et lui confisque le nounours. Mais, comme d'habitude, le personnel de l'hôpital ne lui adresse pas un regard. Seule la petite fille remarque la présence de l'objet sur le plateau-repas de son voisin de table. Mais elle ne lui en touche pas un mot. Elle se doute de sa provenance. Et le simple fait de penser à la jeune fille aux cheveux blonds offrant des cadeaux au petit garçon lui retourne l'estomac.

L'appréhension saisit le petit garçon lorsqu'il se rend à la salle des traitements. Mais, une fois de plus, tout se passe avec une facilité déconcertante. Le stratagème fonctionne à la perfection, comme Sophie le lui avait prédit. L'enfant continue d'utiliser ce subterfuge les jours qui suivent et le personnel de l'hôpital ne semble rien soupçonner. Le petit garçon regarde à chaque fois avec soulagement le liquide bleu disparaître dans les toilettes de sa chambre. Au fil des jours, sa force physique revient petit à petit. Il retrouve l'appétit et commence à regagner un petit peu du poids qu'il avait perdu. Ses cheveux commencent même à repousser. Et la brume qui recouvrait son esprit disparaît enfin. Mais le petit garçon ne retrouve pas pour autant ses souvenirs. À son grand désespoir, il ne parvient toujours pas à se rappeler de son nom.

Maintenant que le petit garçon est en possession de toutes ses capacités mentales, il sait qu'il lui faut prétendre être en mauvais état s'il veut pouvoir continuer ainsi. Malgré la faim qui le tenaille, il se force à ne pas finir ses assiettes. Il s'arrache méthodiquement les cheveux qui repoussent devant le miroir de sa salle de bain. Malgré tous ses efforts, il sait que sa bonne mine le trahit. Heureusement que le personnel de l'hôpital détourne les yeux sur son passage ! Seul l'infirmier n'est pas dupe. Le changement ne lui a pas échappé. Cela l'inquiète. La situation semble évoluer plus vite que ce qu'il avait escompté. Mais il choisit de prendre exemple sur la directrice et de ne rien faire. Il se contente d'observer et d'attendre avec anxiété la suite des événements. Il est persuadé que les choses ne vont pas tarder à dégénérer.

L'homme en blouse blanche ne se trompe pas. Maintenant que le petit garçon n'est plus sous l'emprise du traitement, il commence à prendre conscience de l'ampleur de la situation. Il juge cette dernière intolérable. Il n'avait pas réalisé jusqu'à présent à quel point l'état de santé de la petite fille s'était dégradé. À tel point qu'il soupçonne même qu'elle reçoit le traitement rouge. Le petit garçon lui pose la question, mais elle refuse d'y répondre. Apparemment, interroger sur le traitement final serait le comble de l'impolitesse. Cela ne fait que renforcer les soupçons du petit garçon. Mais, traitement rouge ou bleu, ce qui est sûr c'est que la petite fille a grandement besoin d'aide. Et le petit garçon se met en tête de la lui prodiguer. La petite fille reçoit son traitement à des horaires distincts. Il pourrait donc lui prêter sa peluche. Mais quand le petit garçon la met au courant de son subterfuge, elle ne réagit pas de la manière escomptée. Au lieu de sauter de joie à l'idée de ne plus avoir à subir les affres de l'affreux traitement, elle décline poliment la proposition de son voisin de table. Le petit garçon est stupéfait par sa réaction. Il ne comprend pas que, contrairement à lui qui a Sophie, plus rien ne retient la petite fille à la vie. La léthargie imposée par le traitement est un baume pour son pauvre coeur meurtri et la mort sera pour elle une délivrance. Les paroles du petit garçon la font souffrir en lui donnant un espoir qu'elle n'a pas envie d'avoir. Aussi se met-elle à l'éviter autant qu'elle le peut. Cela n'est pas bien difficile. Son état s'est tellement dégradé ces derniers temps, il ne lui en fallait pas plus pour la convaincre de ne plus quitter sa chambre. Cette disparition inquiète le petit garçon. Il se demande si elle est toujours en vie. Et cette pensée le torture jour après jour. Jusqu'au jour où il craque. Bien que les hommes en blouse blanche lui causent une peur bleue, le petit garçon se résout à interroger l'infirmier à ce sujet.

Ce dernier est surpris par l'audace du petit garçon. S'il possédait un tant soit peu d'intelligence, il tâcherait de faire profil bas au lieu de se préoccuper des autres enfants. L'infirmier lui répond donc sèchement, espérant ainsi lui faire passer le message :

— Oui, mais elle préfère rester dans sa chambre. Elle est extrêmement fatiguée, comme TOUS les enfants ici. Elle n'est certainement pas en état de déambuler dans les couloirs en posant des questions.

Le petit garçon sent les larmes lui monter aux yeux. Il n'aurait jamais dû poser la question. Ses jours sont désormais comptés, c'est évident, se confie le petit garçon à Sophie. Mais la jeune fille ignore comment consoler l'enfant. Elle savait depuis le début que cette situation ne pouvait être que temporaire, mais elle ne pensait pas que la fin était si proche. Il lui faut maintenant trouver une autre solution. Mais elle a beau se creuser les méninges, elle ne voit pas laquelle.

Vient le moment tant redouté de la visite médicale hebdomadaire. Le petit garçon s'était attendu à ce que le médecin le réprimande, mais il n'en est rien. Il se contente de l'ignorer et d'effectuer les examens sans lui adresser un mot ou un regard, comme à son habitude. L'enfant se demande pourquoi l'infirmier ne l'a pas dénoncé. Il ne croit pas en un quelconque élan de gentillesse de sa part. L'homme en blouse blanche n'a peut-être tout simplement rien remarqué, songe l'enfant plein d'espoir. Ce dernier n'est que de courte durée. À peine les résultats des examens obtenus, le médecin convoque l'infirmier dans son bureau. L'infirmier le suit. Mais, avant de partir, il adresse un long regard au petit garçon.

L'enfant est surpris par ce geste. Il a tellement pris l'habitude d'être ignoré par le personnel de l'hôpital. Pendant un bref instant, il a eu l'étrange impression que l'infirmier était désolé. Mais cela est impossible, n'est-ce pas ?

À peine la porte de son bureau refermé, le médecin laisse sa colère exploser :

— Les prélèvements de ce garçon ne contiennent aucun ATA. Comment expliquez-vous cela ?

— Peut-être le garçon a-t-il développé une résistance aux HCA ?

— Vous voulez rire ? Depuis que nous avons découvert les HCA, jamais cela ne s'est encore produit.

— Il faut bien une première à tout.

— Si cela est réellement le cas, alors cela ouvre des perspectives pour le moins … intéressantes. Nous pourrions peut-être enfin découvrir un vrai remède au cancer et ne plus avoir besoin d'utiliser de sujets. Et ce serait à moi que reviendrait tout le mérite ! Si le garçon est vraiment résistant aux HCA, je compte sur votre discrétion. Je tiens à avoir l'usage exclusif du sujet jusqu'à ce que nous en sachions plus. Connaissant la directrice, elle serait capable de décider de se l'accaparer et de me voler la vedette. Mais ne vous inquiétez pas ! En échange, je ne manquerais pas d'associer votre nom aux travaux.

Les yeux du médecin luisent en songeant à la gloire et à la fortune qui l'attendent peut-être. L'infirmier, quant à lui, est révolté à l'idée que l'enfant puisse servir de cobaye à cet infâme personnage. Il avait espéré, un peu naïvement, que si l'enfant ne produisait plus d'ATA, il deviendrait inutile et serait ainsi autorisé à quitter l'hôpital. Mais le traitement est de loin préférable aux plans du médecin. L'infirmier acquiesce néanmoins à ces derniers. Cela ne lui coûte rien. Il sait pertinemment que le petit garçon n'a pas développé une quelconque résistance. Il n'a pas besoin de le signaler au médecin qui poursuit :

— Mais je doute de toute façon fortement que cela soit le cas. Il me paraît beaucoup plus probable que vous avez tout simplement failli à votre tâche. Vous n'avez pas dû vous rendre compte que le sujet ne se rendait plus à la salle des traitements ou il a dû y avoir une erreur dans la programmation du système. Résistance ou non, nous serons bientôt fixés. Je vais demander une mesure du taux de HCA sanguin. Nous devrions avoir la réponse dans la soirée.

En sortant du bureau du médecin, l'infirmier ne perd pas de temps. Il court annoncer la nouvelle à la directrice. Pour le petit garçon, le glas a sonné.

CHAPITRE 7

Installés près de la baie vitrée de leur studio, Liliane et Bertrand profitent du temps superbe de cette fin d'après-midi tout en dégustant une tasse de thé. Même ici, le thé demeure un produit onéreux. Mais, aujourd'hui, Liliane se sent d'humeur festive et, bien qu'en temps normal économe, elle a décidé de casser la tirelire pour s'offrir cet ultime plaisir. Il faut dire qu'elle a de multiples raisons pour afficher une mine si réjouie. Tout semble enfin rentrer dans l'ordre. Si l'état de Rayna s'était énormément dégradé ces derniers temps, elle semble enfin présenter un mieux. Les médecins sont optimistes quant à son pronostic. Léa progresse énormément dans ses études. Elle ne reçoit que des compliments de la part de ses professeurs. Bertrand, quant à lui, a d'autres raisons de se réjouir. Comme lui, son père et son grand-père étaient mineurs au niveau -100. La profession la plus pauvre du niveau le plus pauvre de la planète. Lorsque, adolescent, il était tombé amoureux de Liliane, une fille de commerçants, il savait qu'il n'avait que peu de chance de la conquérir. Ses parents se sont d'ailleurs fortement opposés à ce mariage. Ils espéraient qu'elle se marierait avec le fils du maire, un garçon gras, méchant et peu ragoûtant. Mais Liliane a brisé tous leurs espoirs en choisissant de se marier avec Bertrand, faisant de ce dernier l'homme le plus heureux de leur niveau. Dans les premiers temps, leur union fut idyllique. Peu leur importait de ne pas avoir de quoi subvenir à leur besoin, ou que la famille de Liliane ait décidé de renier cette dernière. Ils étaient amoureux. C'était la seule chose qui comptait. Mais, au fil des années, Liliane s'est fait rattraper par la réalité du quotidien. Elle est devenue aigrie par cette dure vie de mineur et a même commencé à regretter son choix. Surtout lorsque son fils est né et qu'elle s'est rendue compte qu'elle n'aurait jamais rien de mieux à lui offrir qu'un destin de mineur. Bertrand n'a pas supporté de voir sa femme devenir chaque jour un peu plus malheureuse. Il en est même venu à regretter de lui avoir fait des avances alors qu'il savait qu'il ne pourrait pas lui prodiguer la vie qu'elle méritait. Il n'aurait jamais imaginé qu'un jour la situation aurait pu changer. Aussi ce changement inopiné l'emplit-il de joie. Il préfère ne pas penser aux sacrifices qu'ils ont dû faire pour en arriver là et se concentrer sur leur bonheur nouvellement acquis.

— Maintenant que Rayna commence enfin à aller mieux, peut-être pouvons-nous prévoir de passer une journée en ville ? suggère Bertrand.

À cette idée, le visage de Liliane s'illumine. Cela fait tellement longtemps qu'ils n'ont pas passé une journée en amoureux ! Depuis qu'ils ont les enfants, en fait. Mais elle n'a pas le temps de répondre à son mari. Voilà que quelqu'un frappe à la porte ! Liliane est surprise. Les visites ici sont rares et ils n'attendaient personne. Bertrand se lève pour accueillir leur invité et Liliane s'aperçoit avec stupeur qu'il s'agit d'un infirmier. Dans ce bâtiment où le personnel médical ne pénètre que rarement, cela soulève bien des questions.

L'homme en blouse blanche se présente sans attendre. Il annonce être l'infirmier responsable du petit garçon. Il ajoute être là sur ordre de la directrice de l'hôpital. Cette dernière aimerait les voir dans son bureau et il est ici pour les y conduire. À cette annonce, le coeur de Bertrand se serre. Il avait complètement oublié son fils ! Si la directrice veut les voir à son sujet, cela ne peut vouloir dire qu'une chose :

— Est-ce qu'il est arrivé quelque chose à notre fils ?

— Ne vous inquiétez pas pour lui. Il se porte à merveille.

Cette réponse laisse Bertrand perplexe. Mais Liliane comprend immédiatement ce que cela signifie.

— Est-ce que mon ... Je veux dire est-ce que l'enfant vous pose des problèmes ?

Cette question met l'infirmier mal à l'aise. Il n'a aucune envie d'entamer une discussion avec la famille du petit garçon. Les parents des sujets lui ont toujours inspiré le mépris le plus total. Seules des personnes exécrables peuvent décider ainsi de vendre leur propre enfant. L'infirmier se contente donc de leur dire que la directrice leur expliquera tout cela en temps voulu. Liliane et Bertrand s'apprêtent à suivre l'homme en blouse blanche. Au moment de franchir le seuil du studio, Liliane se tourne vers son mari :

— Peut-être serait-il préférable que tu m'attendes ici ? Au cas où le rendez-vous traîne en longueur ... Histoire que Léa ne se retrouve pas seule en sortant de l'école.

Il ne s'agit bien évidemment que d'un prétexte. Léa est tout à fait capable de s'occuper d'elle-même, ils le savent tous deux. Mais Liliane est consciente que son mari est un faible d'esprit. Il se laissera avoir par les sentiments et ne sera pas capable de prendre les mesures qui s'imposent. Aussi préfère-t-elle y aller seule. Bertrand est bien trop soulagé de ne pas avoir à assumer le poids d'une quelconque décision pour s'y opposer.

Liliane regrette sa décision lorsque l'infirmier la laisse devant la porte du bureau de la directrice. L'imposante structure en bois massif l'impressionne. Son malaise s'amplifie une fois qu'elle pénètre à l'intérieur. Jamais Liliane n'a vu un tel étalage d'opulence. Cela lui rappelle amèrement son statut de femme de mineur. Aussi, lorsque la directrice lui ordonne de s'asseoir, elle s'exécute sans attendre son reste.

— Ne perdons pas notre temps en civilités ! Je vous ai fait venir pour une raison précise : nous rencontrons actuellement quelques difficultés avec votre fils.

Et la directrice lui expose le stratagème que le petit garçon utilise pour se soustraire au traitement. Elle « oublie » bien évidemment de mentionner le rôle qu'a joué sa filleule dans cette affaire. Honteuse, Liliane se confond en excuses. La directrice n'en a que faire. Une seule chose importe pour elle : que le petit garçon accepte de reprendre volontairement le traitement.

— Pourquoi volontairement ? demande Liliane. Pourquoi ne pouvez-vous pas lui faire les injections de force ? Je connais mon fils. Il n'a que 12 ans. Il n'opposera pas de grande résistance.

— Mais voyons, Madame Sum, nous ne sommes tout de même pas des monstres. Nous n'allons pas soumettre de force de pauvres enfants à des expériences scientifiques. Cela serait totalement inhumain. Non, si votre fils ne consent pas de son plein gré, nous ne pourrons pas reprendre les essais. Si c'est le cas, je ne pense pas avoir besoin de vous préciser que ni vous ni votre famille ne pourrez continuer à séjourner à l'hospice des Bermudes. Et si Rayna arrête de recevoir le traitement, ses chances de guérison seront … infimes.

La menace est à peine voilée. Liliane déglutit difficilement.

— Je peux vous assurer que je ferais mon maximum pour ne pas que nous en arrivions là. Je peux me montrer très persuasive et mon fils a toujours été un bon garçon. Je ne m'explique d'ailleurs pas son comportement … Il s'est toujours préoccupé du bien-être de sa sœur. Je suis sûre qu'il saura se montrer raisonnable.

La directrice est soulagée.

— Très bien. Quand pensez-vous pouvoir lui parler ?

— Je compte m'y rendre sans plus attendre.

La directrice hoche la tête. C'est ce sur quoi elle comptait. Elle appelle l'infirmier pour qu'il l'emmène rendre visite au petit garçon. Elle tient à s'assurer que tout se déroule comme prévu.

Lorsque Liliane pénètre dans la chambre de son fils, ce dernier ne la reconnaît pas. Pourtant, il ne semble pas être tellement mal en point. Comparé à Rayna, il respire la santé. En tout cas, rien qui ne puisse expliquer sa soudaine perte de mémoire. Dans un premier temps, elle se dit qu'il fait sans doute exprès, pour lui faire payer son manque de visite. Mais elle doit bien se rendre à l'évidence : son fils ne se souvient pas d'elle. Cette constatation lui donne l'impression de recevoir un coup de poing dans le ventre. Le peu de compassion qui lui restait pour son fils s'envole. Il ne lui reste que de la haine pour cet être qui, sans scrupule, menace de faire voler en éclats le bonheur tout juste acquis.

— On m'a annoncé que tu avais arrêté de prendre le traitement. Tu aurais pu au moins venir nous en parler, avant de prendre une telle décision. Je te rappelle que tu étais d'accord pour faire ce petit sacrifice pour le bien de ta sœur. Tu te souviens d'elle, au moins ?

Le petit garçon secoue la tête en signe de négation. Il se sent honteux. Il sent bien qu'il devrait se souvenir d'elle. Mais il a beau essayer, il n'y parvient pas.

— C'est bien ce que je pensais. Tu as toujours été tellement égoïste. Je te signale que ta sœur est gravement malade et que, sans ton aide, elle mourra. Tu t'en serais rendu compte si tu prenais la peine d'aller la visiter au lieu de rester là à pleurer sur ton sort.

Le petit garçon ignore comment réagir. Même s'il ne se souvient pas de sa soeur, il prend très au sérieux son rôle de grand frère. Il ne tient pas à ce qu'elle meurt par sa faute. Liliane, de son côté, sent bien qu'elle est en train de gagner la partie. L'enfant est prêt à craquer, cela ne fait aucun doute. Aussi décide-t-elle d'en rajouter une couche.

— De toute façon, ce n'est pas comme si tu avais réellement le choix. J'ai eu une longue discussion avec la directrice de l'hôpital à ce sujet. Il en est ressorti que, si tu ne prends pas le traitement de ton plein gré, ils n'hésiteront pas à te l'administrer de force. Et je peux t'assurer qu'il vaut mieux ne pas en arriver là. Je dis ça pour ton propre bien.

À cette idée, le petit garçon est empli d'effroi. Les injections sont déjà assez pénibles comme cela. Il ne préfère pas penser à ce que cela serait s'il devait les recevoir de force. Et ils pourraient décider de le passer au traitement rouge. Le petit garçon se prend prêt à éclater en sanglots, mais il se retient. L'étrangère qui prétend être sa mère lui a bien signalé qu'il devait assumer ses responsabilités de grand frère. Alors, il ravale ses larmes et promet de bien se comporter tant qu'on ne lui donne pas le redouté liquide. Liliane se radoucit. La bataille est maintenant terminée et tout va enfin rentrer dans l'ordre. Elle se sent un peu coupable d'être allée aussi loin. Elle voit bien que l'enfant est effrayé. Mais elle sait que cela est un mal nécessaire. Après tout, c'est son fils qui l'a obligée à devoir avoir cette pénible conversation et elle ne tient pas à recommencer de sitôt.

Une fois sa mère partie, le petit garçon n'a plus aucune raison de se retenir et il laisse ses larmes couler librement. Tout son univers vient de s'écrouler. Contrairement à quand il est arrivé au département, il sait ce qui l'attend et il n'a plus aucun moyen d'y échapper. Sa mère a raison : même s'il ne se souvient plus d'elle, il se doit de sauver sa sœur. Il est le seul qui puisse le faire. Il lui faut maintenant rentrer dans le droit chemin. Mais avant, il se doit de revoir Sophie une dernière fois. Après tout le mal qu'elle s'est donné, elle mérite au moins une explication.

— Tu ne peux pas être sérieux, s'écrie Sophie avec horreur.

Le petit garçon s'était attendu à ce qu'elle comprenne sa décision. Elle qui se montre toujours si responsable ne pouvait qu'approuver son choix. Mais il ne rencontre que de l'incompréhension de sa part.

— Que veux-tu que je fasse d'autre ? Ma mère a été formelle. Sans mon aide, ma sœur ne survivra pas. Je ne vais tout de même pas laisser ma propre sœur mourir sans rien faire !

— Ta sœur ? Tu ne sais même pas comment elle s'appelle. Tu ignores à quoi elle ressemble. Et tu voudrais me faire croire que tu te préoccupes réellement d'elle ? Ne me fais pas rire !

Mais le petit garçon n'a pas besoin de savoir à quoi ressemble réellement sa petite sœur. À chaque fois qu'il ferme les yeux, son visage lui apparaît. Un visage issu de son imagination, certes, mais qui n'en semble pas moins réel. Il ressemble étrangement à celui de la petite fille. Un visage émacié, rongé par la maladie au milieu duquel trônent deux grands yeux tristes. Des yeux qui implorent d'être sauvés. Des yeux qu'il ne peut pas ignorer. Certes, il ignore son nom. Mais cela importe-t-il vraiment ? Après tout, la petite fille non plus n'a pas de nom. Et lui non plus. Enfin, du moins, pas qu'il se souvienne. Mais méritent-ils de mourir pour autant ? L'implication rend le petit garçon fou de rage.

— Une fille de riche comme toi ne peut pas comprendre. Tu as toujours tout eu. Et cela te semble tout à fait normal. Tu ne peux concevoir de faire le moindre sacrifice. Mais je ne suis pas comme ça. Je ne vais pas abandonner ma famille alors qu'elle a besoin de moi.

— Ta famille ? Ouvre un peu les yeux ! Après ce qu'ils t'ont fait, ces personnes ne méritent pas que tu les considères comme tels.

— C'est bien ce que je dis. Tu ne comprendras jamais. Et le petit garçon prend congé, sans même adresser un regard à son ex-amie. Il en est mieux ainsi, se dit-il en repoussant les larmes qui menacent de le submerger, pour elle comme pour moi. Elle ne supporterait pas de le voir s'affaiblir de jour en jour. Elle le supplierait d'arrêter le traitement. Chose que, même s'il le désirait, il ne pourrait pas faire. Maintenant que son stratagème a été découvert, le personnel de l'hôpital le surveillera de près, cela ne fait aucun doute.

CHAPITRE 8

Ces derniers temps, Sophie éprouve des difficultés à trouver le sommeil. Les derniers mots échangés avec le petit garçon ne cessent de tournoyer dans sa tête. Elle culpabilise. Elle se dit qu'elle y est sans doute allée trop fort. Elle aurait dû faire preuve de finesse, l'amener doucement à son point de vue. Le temps est décidément aux regrets. Des regrets qui ne servent à rien. Jour après jour, Sophie attend le petit garçon à l'endroit et à l'heure habituels. Mais en vain. Il ne viendra plus, elle en est parfaitement consciente. Mais elle ne peut s'empêcher d'espérer. Il lui faut absolument le revoir une dernière fois. Il y a tant de choses qu'elle voudrait lui dire. Elle songe même à se rendre dans son bâtiment. Cette pensée lui donne des frissons. Elle ignore ce qu'elle trouvera là-bas, mais elle sait que cela ne lui plaira pas. Sans compter que c'est probablement interdit. Elle ne fera que leur attirer des ennuis, au petit garçon et à elle. Non, il lui faut trouver un autre angle d'approche.

Demander de l'aide à sa marraine est bien évidemment hors de question. Cette dernière n'a pas cherché à cacher son opposition lorsque Sophie a abordé le sujet. Il ne lui reste qu'une solution : parler à la famille du petit garçon. Après tout, peut-être n'ont-ils tout simplement pas réalisés en quoi consistent les expériences médicales. Elle éprouve des difficultés à concevoir que tant de familles pauvres seraient prêtes à sacrifier ainsi leur progéniture. Le gouvernement a dû sans aucun doute les manipuler, minimiser les risques encourus par les enfants, se dit-elle. Il s'agit de personnes n'ayant reçu aucune éducation et donc facilement influençables. À moi de les influencer dans l'autre sens.

Sophie se met donc en route. Elle gravit les marches de l'immense tour de verre. Elle ne connaît pratiquement rien sur la famille du petit garçon. Mais elle sait deux choses : il a une sœur qui est traitée dans ce bâtiment et il est issu d'une famille pauvre, de l'un des niveaux souterrains les plus enfouis de la planète. Peut-être même du niveau -100, même si elle ose espérer le contraire. La sœur du petit garçon se trouve donc de toute évidence dans l'un des étages supérieurs de l'immeuble. Néanmoins, par acquis de conscience, elle décide de parcourir chaque étage. Elle ne sait pas très bien ce qu'elle recherche. Elle ne connaît pas le nom du petit garçon, et encore moins celui de sa soeur. Elle ignore à quoi cette dernière ressemble, ainsi que son âge exact. Elle sait juste qu'elle est plus petite que son frère. Un maigre indice. Elle compte sur une quelconque ressemblance, un air de famille commun. Un maigre espoir.

Lorsqu'elle atteint le sommet de la tour, Sophie commence à perdre espoir. Ses recherches se sont pour le moment révélées infructueuses. Pourtant, s'il y a un endroit où la petite malade a le plus de chance de se trouver, c'est bien ici, au dernier étage, là où résident les patients provenant du niveau -100. Contrairement au reste de l'immeuble, l'étage est surpeuplé. Deux à trois enfants se partagent chacune des minuscules chambres. Le personnel de l'hôpital peine à circuler entre les lits.

Quand elle pénètre dans le réfectoire bondé, Sophie se demande comment elle parviendra à reconnaître quiconque au milieu de tous ces enfants malades, plus maigres les uns que les autres. Mais tout doute la quitte lorsqu'elle aperçoit la petite fille assise au fond de la salle. Sa ressemblance avec le petit garçon est frappante. Elle possède les mêmes grands yeux noirs que son frère, les mêmes hautes pommettes et le même visage fin. Vêtue des mêmes vêtements blancs de l'hôpital, on pourrait croire qu'il s'agit de son sosie, juste un peu plus jeune et en version fille. Sophie se dirige d'un pas déterminé vers l'enfant et s'installe face à elle sans lui demander son avis.

— Je pense connaitre ton frère, lui annonce-t-elle pour engager la conversation.

Sophie n'est pas du genre à tourner autour du pot.

— Mon frère ?

La petite fille semble surprise.

— Tu n'as pas de frère ? Pourtant, vous vous ressemblez tellement … J'aurais juré que …

— Je ne sais pas. Il est possible que j'en ai un. J'ai du mal à me souvenir des choses en ce moment … Comment s'appelle-t-il ?

Sophie est confuse. Elle a toujours pensé que l'amnésie du petit garçon provenait des expériences médicales dont il est l'objet. Mais maintenant, elle en doute. Le fait que sa sœur en soit elle-aussi atteinte est suspect. Peut-être que la directrice a raison et que les habitants du niveau -100 sont réellement retardés … Pourtant, mis à part ses pertes de mémoire, le petit garçon lui a toujours semblé doté d'une intelligence normale, voire même supérieure à la moyenne.

— Je l'ignore. Lui aussi a des problèmes de mémoire. Il ne se rappelle même plus son nom.

— Ça doit être de famille alors. Même si je pensais que cela venait de ma maladie. Tu sais, tous les enfants ici sont malades et ils ont tous des problèmes de mémoire. Peut-être que lui aussi est malade ?

Voilà qui est étrange … Le cancer ne cause pourtant pas d'amnésie. Et le traitement non plus, Sophie est bien placée pour le savoir.

— Non, il n'est pas malade. Enfin, pas pour le moment. Mais des mauvaises personnes veulent essayer de lui faire du mal.

— Quoi ? Pourquoi ? Mais on ne peut pas les laisser faire !

La petite fille semble horrifiée.

— Oui, et c'est pour cela que je suis là. Pour les en empêcher. Mais pour ça, j'ai besoin de ton aide.

— De mon aide ? Je ne suis pas sûre d'être vraiment utile, je ne suis pas vraiment en pleine forme en ce moment … Mais je ferais tout ce qui est en mon pouvoir. Il s'agit de mon frère après tout.

— Ne t'inquiète pas. Il n'y aura rien de difficile. Il faut juste que tu répondes à quelques questions. Pour commencer, est-ce que tu te rappelles comment tu t'appelles ?

— Oui, je pense.

La petite fille réfléchit pendant un long moment avant de trouver la réponse.

— Rayna. Je m'appelle Rayna.

— Et ton nom de famille ?

— Désolée … Je me souviens juste de Rayna. Est-ce que cela posera un problème pour sauver mon frère ?

— Ne t'inquiète pas. Ce n'est pas grave. Est-ce que tu te souviens de comment s'appellent tes parents ?

— Mes parents ?

— Tu n'as pas de parents, ici, qui viennent te rendre visite ?

— Je ne sais pas … Peut-être … À quoi ressemblent-ils ?

— Je l'ignore. C'est justement ça qu'il nous faut découvrir si nous voulons pouvoir aider ton frère. Tu n'as pas des adultes qui viennent te rendre visite, mis-à-part le personnel de l'hôpital ?

Rayna se concentre fort avant de répondre :

— Maintenant que tu me le dis, il me semble que oui. Une femme vient ici souvent me voir. Et elle ne porte pas de blouse comme les autres, mais des vêtements normaux. Et parfois il y a un homme qui l'accompagne, mais pas toujours.

— Est-ce que tu penses qu'il pourrait s'agir de ton père et de ta mère ?

— Peut-être. Oui, c'est possible. Mais je ne suis pas sûre.

Puis Rayna ajoute :

— Je suis désolée de ne pas pouvoir t'aider d'avantage. J'aimerais vraiment pouvoir. Je sais que c'est important. Mais, en ce moment, ma mémoire …

— Ne t'inquiètes pas. Je comprends tout à fait. Tu te sens de répondre à d'autres questions ?

Rayna acquiesce.

— Je sais que ce que je te demande n'est pas facile. Mais c'est important. Est-ce que tu te souviens de comment s'appellent tes parents ?

Rayna se concentre du mieux qu'elle peut. On peut voir qu'elle y met toute son énergie. Puis elle annonce avec un grand sourire :

— Je sais. Ils s'appellent papa et maman !

Sophie soupire. Ce n'est pas avec cette information qu'elle va parvenir à les retrouver.

— Merci ! Je suis sûre que cela nous sera d'une grande aide. Est-ce que tu te rappelles d'autre chose à leur sujet ?

Rayna secoue la tête.

— Un autre nom ?

— Non, je ne crois pas qu'ils en aient d'autres.

— Tu te souviens à quoi ils ressemblent ?

— Je ne suis pas vraiment sûre … Il me semble qu'ils ont tous deux les cheveux gris. Mais c'est tout ce dont je me rappelle.

Des cheveux gris ? Ils ne doivent pourtant pas être tellement vieux. Surtout que les personnes issues des niveaux inférieurs font en général des enfants jeunes.

Sophie essaye ensuite de se renseigner sur les habitudes de visites de ses parents. Mais, une fois de plus, cela ne donne pas grand chose. Rayna ne se rappelle plus de quand ses parents sont venus la voir la dernière fois, de la fréquence de leurs visites ni de si ils doivent venir la voir prochainement. Cela ne fait pas beaucoup d'information, mais, au moins, elle est parvenue à rentrer en contact avec un membre de la famille du petit garçon. C'est un début.

— Merci pour ton aide, Rayna. Et ne te fais pas de soucis, je suis sûre qu'ensemble, nous allons réussir à sauver ton frère.

— Dis, tu reviendras me voir ? Je me sens tellement seule ici … Et puis, j'aimerais bien avoir des nouvelles de mon frère.

— Oui, promis. Je reviendrais te rendre visite demain.
« Demain, et les jours qui suivent. Jusqu'à ce que je tombe sur tes parents, pense Sophie. À ce stade là, je n'ai vraiment pas d'autres options pour les rencontrer. »
Mais ce n'est pas la seule raison qui pousse Sophie à revenir le lendemain. Rayna ressemble tellement à son frère. Pas seulement physiquement, mais aussi dans sa manière de s'exprimer. Sophie éprouve, pendant quelques instants, la sensation de discuter de nouveau avec le petit garçon et de pouvoir ainsi réparer le mal accompli. Elle en vient même à culpabiliser de vouloir parler avec ses parents. Si ces derniers décident d'arrêter le traitement du petit garçon, qu'adviendra-t-il de Rayna ? Mais Sophie écarte ces pensées de sa tête. Le petit garçon ne mérite pas d'être sacrifié pour sa soeur. Et le personnel de l'hôpital ne va tout de même pas laisser la petite fille mourir à cause de cela.

Lorsque, après le déjeuner, Liliane vient comme à son habitude rendre visite à sa fille adorée, elle est surprise de découvrir que cette dernière a déjà une visiteuse. Liliane se demande ce qu'elle fait là. Il est évident qu'elle n'appartient pas au personnel de l'hôpital, elle semble être en trop bonne santé pour faire partie des patients et la qualité de ses vêtements révèle un statut social élevé. Non, décidément, Liliane ne s'explique pas sa présence. C'est donc avec une méfiance certaine qu'elle s'approche de la jeune fille en robe de soie.

Sophie est surprise par l'apparence de la mère de Rayna. On devine que, comme ses enfants, elle fut autrefois d'une grande beauté, mais, de cette beauté, il ne reste rien. La vie au niveau -100 l'a faite vieillir prématurément. Ses cheveux sont gris et éparses, Rayna ne s'était pas trompée. Ses grands yeux cernés de ride ne reflètent plus la moindre étincelle de vie. Cette femme semble usée par l'âge. À tel point que Sophie se demande s'il s'agit de la mère, de la grand-mère ou de l'arrière grand-mère de Rayna.

— Bonjour, excusez-moi de vous déranger. J'aurais aimé savoir : êtes-vous bien la mère de Rayna ?

Liliane acquiesce tant bien que mal, un peu mal à l'aise par l'assurance de la jeune fille.

— Je suis très heureuse de vous rencontrer enfin, dit Sophie en lui serrant la main. Je m'appelle Sophie Veritas. J'aurais souhaité si possible vous parler en privé.

Liliane suit Sophie jusqu'au couloir désert et referme la porte de la chambre derrière elle.

— J'ai fait connaissance de votre fille récemment. Il s'agit d'une enfant tout à fait adorable.

— J'imagine que ce n'est pas pour me faire l'éloge de ma fille que vous m'avez faite venir.

— Effectivement non. Voyez-vous, il se trouve que j'ai un atome crochu avec tous vos enfants, pas seulement Rayna.

— Vous êtes une copine de classe de ma fille Léa ?

— Non, je ne savais même pas que vous aviez une autre fille. Je voulais parler de votre fils qui se trouve au département de la recherche médicale. Je suis amie avec lui et je suis extrêmement inquiète à son sujet.

— Vous devez vous tromper de personne. Je n'ai pas de fils. Juste deux filles. Rayna et Léa.

— Etes-vous sûre de cela ? Pourtant, la ressemblance est frappante ...

— Je vous assure qu'il ne s'agit pas de mon fils.

Devant l'assurance de Liliane, Sophie commence à se demander si elle ne s'est pas trompée de personne.

— Mais pourtant, vous devez bien avoir un autre enfant au département de la recherche médicale. Sinon, comment pourriez-vous payer pour le traitement de Rayna …

— Je ne tolérerais pas d'être accusée de la sorte par une inconnue. Je vous prie de me laisser tranquille et de ne plus vous approcher de Rayna. Sans quoi, je ne manquerais pas de vous signaler au personnel de l'hôpital.

Sur ces mots, Liliane saisit la poignée de la porte et s'apprête à retourner auprès de sa fille.

— Etes-vous absolument certaine de ne pas avoir de fils ? Si c'est le cas, il faut que vous sachiez qu'il se trouve actuellement en grand danger.

C'est alors qu'une voix d'homme résonne dans le couloir :

— Ma chérie, qui est cette jeune fille ? Et pourquoi dit-elle que notre fils est en danger ?

Sophie se retourne. Elle découvre un homme au dos voûté et aux traits fatigués. Sous les cernes apparaissent les mêmes grands yeux noirs que ceux de Rayna et du petit garçon. Aucun doute n'est possible : il s'agit bien de leur géniteur.

— C'est bon, j'ai trouvé les boissons que tu m'as demandé, dit-il en montrant les cannettes qu'il tient dans sa main. Mais tu n'as pas répondu à ma question : qui est donc cette jeune fille ?

— Bonjour monsieur, je m'appelle Sophie Veritas et je suis une amie de votre fils, dit-elle en lui serrant la main.

— Veritas ? Ce nom me dit quelque chose … répond-il songeur.

— Vous avez sans aucun doute dû entendre parler de Armand Veritas, le ministre de la santé et de l'environnement, et qui se trouve également être mon père.

Bertrand semble impressionné. Il faut dire qu'il a toujours été assez naïf. Liliane, quant à elle, n'est pas du genre à gober le premier mensonge venu.

— Et vous voudriez nous faire croire qu'une fille de ministre serait ami avec un pauvre du niveau -100. Je suis désolée de vous décevoir, mais nous avons passé l'âge de croire aux contes de fée.

— Que vous me croyez ou pas, cela n'a que peu d'importance. L'essentiel, c'est que vous compreniez que la vie de votre fils est en danger. J'ai pu constater par moi-même les ravages des expérimentations médicales. Je ne pense pas que vous en réalisez l'ampleur, sinon jamais vous n'auriez accepté une telle chose. Si vous tenez un tant soit peu à votre fils, je vous conjure de bien vouloir …

— Je préfère vous arrêter tout de suite. Nous rendons régulièrement visite à notre fils et je peux vous assurer qu'il est en parfaite santé.

— Comment pouvez-vous dire cela ? Quand il était soumis aux expériences, il perdait ses cheveux, maigrissait à vue d'oeil et était dans un état de fatigue permanent. Sans parler de sa perte de mémoire. Il ne parvient même plus à se rappeler de son propre nom.

— Et alors ? Rayna aussi souffre des effets secondaires du traitement, comme tous les autres patients. Et elle aussi subi d'importantes pertes de mémoire depuis qu'elle est ici, comme tous les autres patients. Et cela n'a pas l'air de vous perturber. Ce sont là les effets du remède contre le mal, voilà tout. De toute façon, nous n'allons pas condamner notre pauvre fille pour les délires d'une parfaite inconnue. Si vous êtes réellement fille de ministre comme vous le prétendez, vous n'avez qu'à demander à ce que Rayna soit soignée à titre gracieux. Je suis sûre que personne n'osera vous le refuser. Revenez-nous voir quand cela sera fait. Mais en attendant, je réitère ce que je vous ai dit précédemment : je vous interdis formellement de vous approcher de ma famille.

De retour dans sa chambre, Sophie ne cesse de repenser à la conversation. Quelque chose la perturbe énormément. Il ne s'agit pas du refus des parents d'entendre parler de leur fils. Cela, elle s'y attendait plus ou moins. En revanche, la mère des enfants à laisse entendre que tous les enfants souffrent des effets secondaires du traitement. Cela est surprenant. Elle a longuement entendu parler des ATA, les molécules utilisées pour guérir le cancer en cours de biologie. L'une de leurs principales caractéristiques est l'absence de tout effet secondaire. Elle-même a bénéficié du traitement et elle n'en a ressenti aucun inconfort. Pas comme les thérapies d'antan qui étaient de véritables poisons pour le corps. Mais même ces horribles remèdes ne produisaient pas d'amnésie, enfin pas qu'elle en est connaissance. Quelle sorte de traitement reçoivent donc les patients des niveaux inférieurs ? Elle commence à se demander s'ils ne seraient pas eux aussi de simples sujets de recherche. Cela serait doublement cruel pour les parents de ces enfants. Mais plus rien ne l'étonne venant de ce gouvernement sans pitié.

La sonnerie du téléphone tire Sophie de ses réflexions. Sa mère est au bout du fil. Cela la surprend quelque peu. Il faut dire que cette dernière ne se distingue pas par la fréquence de ses appels. Elle est bien trop occupée pour donner des nouvelles en temps normal.

— Je sais que je ne te donne pas souvent signe de vie et je m'en excuse. Mais ne vas pas croire pour autant que je ne pense pas à toi ! À chaque fois que je pars faire du shopping, je ne manque jamais de t'acheter un petit quelque chose. Je ne peux pas attendre de te montrer tout ce que je t'ai acheté. D'ailleurs, cela tombe bien. Ton père et moi comptons te rendre visite demain.

Cette visite tombe à pic. Son père, en tant que ministre de la santé, doit être au courant de ce qui se passe à l'hôpital. L'occasion rêvée d'en savoir plus.

Le lendemain, quand ses parents arrivent à l'hôpital, Sophie est choquée par la quantité de vêtements et d'accessoires que sa mère lui a acheté. Même pour elle, de telles dépenses sont inhabituelles. À croire que sa mère s'inquiète vraiment à son sujet. Mais elle ne parvient pas à en ressentir la moindre gratitude. Les vêtements ne sont pas son style : ils sont bien trop exubérants pour elle. Et elle ne peut s'empêcher de penser aux vies que tout cet argent pourrait sauver. Celle du petit garçon bien sûr, mais aussi celle de Rayna et de tous ces pauvres enfants hospitalisés au sommet de la tour. Mais les échanger contre la liberté de son protégé n'est pas une option.

Jamais la directrice n'accepterait ce maigre sacrifice, elle a été formelle à ce sujet. Son père également ne manquerait pas de s'opposer à ce projet. Il a toujours considéré le moindre élan de compassion comme étant un signe de faiblesse. Sophie est d'ailleurs surprise que ce dernier est pris la peine de venir lui rendre visite. Mais cette surprise n'est que de courte durée. En effet, son géniteur ne tarde pas d'annoncer qu'il doit prendre congé. Les affaires l'appellent. Il doit se rendre à un rendez-vous avec le comité de direction de l'hôpital. Voilà qui explique le but de cette visite. Sophie tente de retenir son père.

— Cela peut-il attendre un peu ? Il y a quelque chose dont j'aurais aimé te parler.

Sophie peine à trouver ses mots. Il lui faut rester concise si elle veut avoir une chance de retenir son attention. Elle y parvient tant bien que mal. Mais son père rejette tous ses efforts d'un revers de la main.

— Tu te fais des idées, ma fille. Tu dois sacrément t'ennuyer ici pour en arriver à inventer de telles absurdités. Je te conseille d'arrêter de proférer de telles sottises si tu ne tiens pas à ce que l'on commence à douter de ta santé mentale. Ce serait dommage pour une fille aussi brillante que toi de finir interner dans un hôpital psychiatrique, juste parce que tu n'as pas su tenir ta langue.

La menace est à peine voilée. Mais Sophie ne peut s'empêcher de continuer sur cette voie.

— Est-ce que tu pourrais au moins me dire quel genre d'expériences sont menées au département de la recherche médicale ? En tant que ministre de la santé, tu dois bien le savoir.

— Une fois de plus, tu délires totalement. Aucune recherche n'est menée sur des sujets humains. Tu te doutes bien que le ministère n'aurait jamais autorisé une telle chose. Et rien de secret ne se déroule à l'hôpital. Tout est accessible sur le site internet de l'établissement. Je t'invite donc à le consulter.

Armand réfléchit un moment avant de poursuivre, clairement perturbé :

— Je me demande vraiment où tu as entendu toutes ces choses. Je compte en discuter avec ta marraine à la première occasion venue.

Et, sur ces mots, il s'en va.

— Il me cache la vérité, n'est-ce-pas ? demande Sophie à sa mère une fois son père partie.

— Sans doute. Mais, de toute façon, cela n'a pas grande importance. Ce n'est pas le sort d'un ou deux enfants, aussi triste soit-il, qui va changer la face du monde.

Sophie se renfrogne. Sa mère le remarque et se radoucit.

— Tu sais, il n'en a peut-être pas l'air, mais ton père tient énormément à toi. Ses paroles paraissent dures, je te l'accorde, mais il dit tout cela pour te protéger. Tu ferais sans doute bien de tenir compte de ses conseils.

Une chose que Sophie n'a pas la moindre intention de faire. À peine ses parents partis, elle se précipite dans le bureau de sa marraine.

— Tu n'as pas perdu de temps, lui dit cette dernière. Quand ton père m'a fait part de tes interrogations, j'ai su que tu allais venir m'en parler. Mais je ne m'attendais pas à ce que ce soit si rapide.

— J'espère que vous n'allez pas faire comme lui et tout nier d'un bloc.

— Si tu penses cela, c'est que tu me connais mal. J'ai toujours tenu à encourager l'esprit critique chez mes étudiants. Et je me considère un peu comme ton mentor. Alors, à quelle conclusion es-tu arrivée ? D'après toi, que se trame-t-il dans cet hôpital ?

— Il me semble évident que les enfants bénéficiant du programme du gouvernement ne bénéficient pas du traitement, mais sont eux aussi soumis à des expérimentations médicales.

— Et en quoi consistent ces expérimentations ?

— Je n'en sais trop rien. Mais si je devais deviner, je dirais qu'il s'agit de tests sur de nouveaux traitements. Les enfants malades servent de groupe d'étude et les enfants sains de contrôle. Ce que je ne m'explique pas en revanche, c'est pourquoi il y aurait besoin d'un nouveau remède contre le cancer. Les ATA couramment utilisés sont d'une efficacité à toute épreuve et ne présentent pratiquement aucun effet secondaire.

— Je comprends comment tu es arrivée à cette conclusion. Mais tu te trompes. À la fois sur la nature des expérimentations et sur les ATA. Que sais-tu à leur sujet ?

— Pas grand-chose. Juste les généralités qu'on apprend à l'école. Qu'ils ont été développés il y a un peu plus d'un siècle par Stephen Lewing et que cela a représenté l'une des avancées majeures de la médecine moderne. Depuis, ils sont toujours utilisés dans la lutte contre le cancer. Aucune autre molécule n'est jamais arrivée à les surpasser.

— Est-ce que tu sais comment ils ont été découverts ?

Sophie secoue la tête.

— C'est une histoire très intéressante et que peu de gens connaissent. Il faut dire que le gouvernement a tout fait pour l'effacer des mémoires. Tu as entendu parler de la grande crise énergétique du cinquième millénaire ?

— Oui, bien sûr, elle est mentionnée dans tous les livres d'histoire. Au début du cinquième millénaire, l'homme a fini d'utiliser toutes les ressources énergétiques de la planète et a dû se rabattre sur les énergies renouvelables, qui ne sont pas écologiques, car leur exploitation produit énormément de déchets, entre les panneaux, les éoliennes et autres. Du coup, afin de préserver la planète, le gouvernement s'est trouvé dans l'obligation de limiter grandement leur utilisation. Les industries en ont pris un énorme coup. S'en est suivi l'une des périodes les plus sombre de l'histoire de l'humanité : chômage, misère, délinquance, insécurité … Les personnes désœuvrées se sont retrouvées dans les rues et cela a conduit à des manifestations d'une ampleur inégalée. La répression fut sans pitié. La planète entière se trouvait au bord de la guerre civile. Et ce fut alors que les trésors des Anciens furent découverts et sauvèrent le monde.

— Et tu sais en quoi consistent ces trésors ?

— Bien évidemment.

Sophie commence vraiment à se demander où sa marraine veut en venir. Même les tous petits enfants savent de quoi il s'agit. Les Anciens, dans leur immense sagesse, ont su qu'un tel destin attendait l'humanité. Afin de lui venir en aide, ils ont enfoui d'immenses quantités d'énergie dans les profondeurs de la terre, de véritables trésors. Grâce à des plans laissés gracieusement par nos ancêtres, leur exploitation à très vite débutée. De véritables cités se sont développées sous terre, près des mines. Et la civilisation actuelle a vu le jour.

— Tu ne t'aies jamais demandé pourquoi les Anciens les avaient laissés là, enfouis profondément sous terre ? Ni pourquoi ils ont érigés d'immenses statues de marabouts, ces oiseaux effrayants, près des mines ?

— Pour ce qui est des statues, la théorie la plus couramment admise est qu'il s'agissait de dieux protecteurs pour les Anciens. Ils les ont placés là afin de protéger leurs trésors.

— Tu veux dire l'explication donnée à la population pour la rassurer. La vraie raison de la présence de ces oiseaux de malheur est connue : il s'agissait d'un avertissement.

— Un avertissement ? Mais contre quoi ?

— Contre les dangers de l'uranium, ce fameux trésor. Si les Anciens l'ont scellé à dix mille lieues sous terre, ce n'était pas pour le préserver, mais au contraire pour s'en débarrasser. Pour eux, l'uranium n'était pas un trésor, mais un déchet mortel de leur production d'énergie. Ils ont jugé une réutilisation de ces déchets trop risquée et ont donc préféré les enterrer. Fort heureusement ou malheureusement, nous avons pu mettre la main sur les plans de ces surgénérateurs. Nous avons ignoré tous les avertissements laissés par les Anciens, nous avons ouvert les tombeaux d'uranium et nous avons construits ces maudites machines. Nous avions un tel besoin d'énergie, nous avons fait fi du danger.

— Mais je ne comprends pas … Si l'uranium était si dangereux, nous devrions déjà en ressentir les effets. Cela fait plusieurs siècles que nous l'utilisons sans que rien de tragique ne se soit produit …

— Et que fais-tu de tous ces cas de cancer ?

— Je croyais que le cancer était un mal qui avait toujours existé.

— Oui, mais en proportion minime. La grande majorité des cas actuels sont causés par l'exploitation de l'uranium. Le gouvernement ment allègrement sur le nombre de cas, mais je peux t'assurer que les chiffres réels font peur. Et c'est sans compter sur les accidents de Bures et de Petertown.

— Je croyais qu'il s'agissait d'attentats terroristes …

— Oui, ce sont les versions officielles, inventées pour camoufler des défaillances des surgénérateurs.

— C'est horrible ! Mais pourquoi personne ne cherche à changer les choses, à diminuer voire arrêter l'exploitation de l'uranium ?

— C'est un business bien trop fructueux. Et puis, toute notre société repose dessus. Y mettre fin signalerait la mort de notre civilisation. Le gouvernement ne s'y résoudra jamais.

— Tout cela est très intéressant, mais je ne vois pas le rapport avec les ATA et les expériences menées à l'hopital.

— Pourtant, cela a tout à voir. Il y a de cela un siècle et demi, au début de nos expérimentations avec l'uranium et les surgénérateurs, un nouveau type de cancer est apparu chez les personnes travaillant sur ce projet. On a appelé cela un super-cancer, dû à sa progression fulgurante. L'un des principaux symptômes de ce super-cancer était une amnésie rapide et générale, chose pratiquement jamais observée dans cette maladie, sauf pour quelques rares cas de tumeurs cérébrales. Les facteurs carcinogènes responsables de cette pathologie ont été identifiés et nommés les HCA pour hyper carcinogen agents. Une décennie plus tard, le Professeur

Stephen Lewing, en menant des recherches sur les HCA, s'est rendu compte un peu par hasard que le corps, sous l'effet de ces molécules, produisait des composés très efficaces contre les cas normaux de cancer. Il les a nommés les ATA, pour anti tumoral agents. Un soulagement immense s'est répandu dans le monde médicale. On savait comment éviter les super-cancer, en évitant la production de HCA et on savait désormais comment soigner les cas normaux de cancer, grâce aux ATA. Mais les médecins de l'époque ont très vite déchanté : personne n'est jamais arriver à synthétiser les ATA. Même nos tentatives de production sur des sujets animaux se sont révélées infructueuses. La seule façon connue de produire le graal est celle utilisée actuellement : injecter des HCA sur des sujets humains. Et il faut une quantité énorme d'ATA pour venir à bout d'un cancer. C'est pour cela qu'existe le programme du gouvernement et c'est pour cela que le traitement n'est réservé qu'aux personnes les plus fortunées.

— Alors le traitement que je reçois …

— Provient de pauvres sujets humains, en effet.

Sophie reste un moment silencieuse. Elle est sous le choc. Elle se doutait que quelque chose de pas très net se déroulait à l'hôpital mais, même dans ses rêves les plus fous, elle ne s'était attendue à quelque chose de cette ampleur.

— Pourquoi m'avoir parlé de tout ça ?

— Tu as le droit de savoir. Et puis, tu es une fille intelligente, tu aurais fini par le découvrir toute seule d'une manière ou d'une autre. C'est ce qu'a fait Julia. Et, malheureusement, je n'ai pas pu la mettre en garde, dit-elle d'un sourire triste. Mais je me rattrape avec toi. Fais bien attention, Sophie.

— Attention à quoi ?

— À ce que tu vas faire maintenant que tu es au courant. Ne vas pas croire que c'est parce que tu es une fille de ministre que tu seras protégée. Cela n'a certainement pas aidé Julia.

— Mais Julia est morte des suites d'une maladie, non ?

— Ça, c'est la version officielle. Et s'il y a quelque chose à retenir de tout ce que je t'ai raconté, c'est bien qu'il ne faut jamais croire les versions officielles.

— Qu'est-il arrivé à Julia ?

À cette mention, le visage de la directrice se ferme.

— Je t'en ai assez dit pour aujourd'hui, tu ne penses pas ?

Au moment où Sophie s'apprête à ouvrir la porte du bureau de la directrice pour partir, cette dernière l'interpelle :

— Je suis curieuse de voir ce que tu vas faire maintenant. Malgré toutes mes recommandations, je n'imagine pas que tu restes sans rien faire. Mais je réitère ce que je t'ai dit : sois prudente, Sophie.

En effet, se dit Sophie de retour dans sa chambre, Diane à raison : je ne vais pas laisser de pauvres enfants mourir ainsi. Je ne suis pas comme elle et comme mon père : jamais je n'accepterais une telle chose. Mais je n'ai pas besoin de sauver tous les enfants tout de suite. Non, à l'heure actuelle, une quelconque rébellion serait vouée à l'échec.

Sophie ignore ce qui est arrivé à Julia, mais elle n'a aucune envie de partager son destin. Quand elle sera adulte, elle se lancera dans la politique et dévoilera toute l'affaire au grand public. Pour le moment, elle se contentera d'avertir les parents de Rayna et du petit garçon. Pour ce qui est des autres enfants … Les sauver est malheureusement en dehors de ses capacités.

Seulement, les parents du petit garçon ne réagissent pas comme elle l'avait escompté. Bertrand paraît troublé par ces révélations. Mais Liliane ne semble pas accorder le moindre crédit à ses propos. Et, dans la famille, c'est elle qui décide. Cela, Sophie l'a tout de suite compris.

— Rendez vous donc dans les étages inférieurs de la tour et vous vous rendrez bien compte : aucun des enfants des familles aisées ne souffre des effets du traitement.

— Tout simplement parce que le mal est détecté et pris en charge plus tôt, voilà tout. C'est l'une des premières choses que l'on apprend ici : l'efficacité des médicaments repose entièrement sur l'état d'avancement de la maladie. Et puis, cet étage n'abrite que les enfants les plus atteints. Dès que leur état de santé commence à s'améliorer, ils sont transférés dans un autre établissement.

— Très bien, je vois que vous ne me croyez pas. Mais je m'arrangerais pour trouver des documents confirmant mes dires.

— À quoi cela pourrait-il bien servir étant donné qu'aucun de nous ne sait lire ! Une fois de plus, tu t'attends à ce que l'on te croit sur parole.

Liliane réfléchit un moment avant d'ajouter :

— Et puis, si ce que tu dis est vrai, tu bénéficies du véritable traitement, celui obtenu en sacrifiant de pauvres innocents. Vas-tu appliquer tes propres conseils et cesser de le prendre ? Ou penses-tu que ta vie vaut plus que les nôtres ?

Sophie n'avait jamais réfléchi à cela. Mais Liliane à raison. Sa survie coûte la vie à d'autres. Elle ne peut pour autant cesser de prendre des ATA. Même si elle est bien consciente de leur méthode de production. Sinon, comment pourra-t-elle dénoncer cette réalité plus tard ? Elle est obligée de passer par la si elle veut avoir une chance de réussir … Mais elle se garde bien de faire part de son raisonnement à son interlocutrice. Elle se contente de garder le silence. Liliane considère cela comme un acquiescement.

— Je vois. C'est bien ce que je pensais. Tu n'es pas capable d'appliquer toi-même tes propres principes. Alors, ne compte pas sur nous pour le faire.

Au même moment, l'infirmier en charge du département des expérimentations médicales traverse le couloir presque désert. Il déteste se rendre au sommet de cette tour. Ce qui s'y déroule lui donne l'envie de vomir. Certes, le destin de ses propres « patients » n'est guère enviable. Mais au moins ils savent à quoi s'en tenir. Alors qu'ici, tout n'est qu'hypocrisie et mensonges. Mais le travail l'appelle. Comme chaque mois, il lui faut s'entretenir avec l'infirmier en charge de ce département. En passant, il lui semble reconnaître la filleule de la directrice en compagnie de ce qui semble être les parents d'un malade. De là où il se trouve, la discussion paraît mouvementée. Cela n'augure rien de bon.

— Est-ce que tout se passe bien ?

Il n'a pas vraiment envie de poser la question, mais le devoir l'y oblige. Le petit garçon vient tout juste de reprendre le traitement et tout commençait enfin à rendre dans l'ordre. Il ne sent pas d'humeur à devoir faire face à un nouvel épisode dramatique.

— Tout se passe pour le mieux. Je m'apprêtais justement à partir, s'empresse de répondre Sophie qui n'a pas la moindre envie de se faire prendre la main dans le sac.

L'infirmier, soulagé, commence à reprendre son chemin.

— Attendez, dit Liliane, vous tombez à pic. Je voulais justement vous faire part des choses incroyables que cette fille ne cesse de proférer.

Depuis sa discussion avec la directrice, Sophie n'a eut de cesse de se demander ce qui était arrivé à Julia. Elle a l'impression qu'elle est sur le point de le découvrir. Impression renforcée au moment où, après avoir écouté les accusations de Liliane, l'infirmier la saisit de force par le bras et la conduit sans vergogne jusqu'à sa chambre.

Sophie n'est pas la seule à penser en ce moment précis à la fille de Diane. En amenant la jeune fille dans sa chambre, l'infirmier ne peut s'empêcher de se remémorer le moment où il a dû enfermer Julia dans ses quartiers sous les ordres du directeur Charles Fontaine, son père. Il n'était alors qu'un adolescent, naïf et inexpérimenté. Il venait d'avoir dix-huit ans et étudiait en première année d'école d'infirmière. Son père, qui possédait certains contacts dans le milieu, s'était arrangé pour qu'il réalise son stage au sein de l'hospice des Bermudes, le plus prestigieux hôpital du pays. Envoyé au département des expérimentations médicales, il avait très vite réalisé que des choses à l'éthique douteuse se déroulaient au sein de l'établissement. Mais il avait fermé les yeux dessus. Chose qu'il n'a plus pu continuer de faire lorsqu'il a rencontré Julia Fontaine. Au moment où ses yeux se sont posés sur elle, l'infirmier est tombé éperdument amoureux de la fille du directeur. Il faut dire que, à tout juste quinze ans, elle était d'une beauté incomparable. Quand elle s'est mise à se poser des questions sur ce qui se déroulait au sein de l'hôpital, il s'est donné pour mission d'y répondre, quitte à devoir espionner le responsable du département pour cela. Il n'a jamais rien pu refuser à Julia. Au début, ce « travail » n'avait rien de vraiment compromettant. Il se contentait de la renseigner sur la raison d'être du programme gouvernemental et sur les expériences plus ou moins légales que son père menait en parallèle. Il ne voyait pas le mal. Elle avait bien le droit de savoir. Mais tout a changé lorsque Julia a fait la connaissance de Céleste. Âgée de seulement huit ans, la petite fille possédait la même figure au carré et les mêmes yeux noirs que son père. Aucun doute ne subsistait sur l'identité de son géniteur, qu'il n'avait pas fallu longtemps à Julia pour découvrir. Cette dernière ayant depuis toujours souhaité avoir une petite soeur, il ne lui avait pas fallu longtemps pour se prendre d'affection pour l'enfant. Mais Julia sentait bien que sa protégée lui cachait quelque chose. Elle semblait effrayée en permanence, toujours sur le qui-vive. Aussi chargea-t-elle l'infirmier d'en découvrir la raison. Et la raison était terrifiante. Lorsque l'amante de Charles avait découvert sa grossesse, cette dernière s'était réjouie. Elle avait là l'occasion d'extorquer de l'argent à son « bien-aimé » . Mais, à son grand désespoir, Charles n'était pas un sentimental et il ne s'était jamais préoccupé des jumelles qui venaient de naître. Jusqu'à ce que, quelques années plus tard, il décide de lancer un nouveau programme de recherche, qui nécessitait d'utiliser de vrais jumeaux comme sujets d'étude. C'est alors qu'il se rappela de l'existence de ses filles, Céleste et Etoile. Leur mère ne se montra pas difficile à soudoyer. Elle était trop heureuse de récupérer de l'argent et de se débarrasser des gamines par la même occasion. Et Charles put donc disposer d'elles à son gré. Etoile servit de cobaye et Céleste de contrôle. Céleste fut donc libre de parcourir librement les couloirs de l'hôpital tandis qu'Etoile était enfermée dans les sous-sols de l'établissement. Mais Céleste ne pouvait en aucun cas parler de sa sœur jumelle, sans quoi son père le ferait payer à cette dernière. Il le lui avait promis. Et Charles tenait ses promesses.

Lorsque l'infirmier découvrit tous les détails de l'affaire, il s'empressa d'en informer Julia. Elle décida alors de tout mettre en œuvre pour sauver ses sœurs des mains de son père. Elle profita que sa mère soit en voyage pour mettre son plan à exécution. Mais son père le découvrit et décida d'y mettre un terme. La vie de sa fille lui importait peu. Il n'avait que faire d'une héritière faible d'esprit et prête à le trahir pour des convictions ridicules. Aussi, quand l'infirmier fut chargé de ramener Julia à ses quartiers, il savait qu'il signait sa condamnation à mort.

L'infirmier ne peut s'empêcher de se demander s'il en va de même pour Sophie. La directrice semble plus humaine que son défunt mari, mais il ne compte néanmoins pas sur sa clémence. C'est le genre de femme qui ne rechigne pas à faire ce qui doit être fait. Comme lui, en somme, qui n'a jamais su s'opposer à Charles, quelles qu'en soient les conséquences.

Lorsque Sophie se retrouve seule dans sa chambre, le désespoir menace de la submerger. Elle se sent bête. Comment a-t-elle pu croire pendant un instant que les parents du petit garçon l'écouteraient ? Elle n'a aucune idée de comment la directrice et ses parents vont réagir. Mais une chose est sûre : ils ne lui laisseront pas revoir le petit garçon. Si elle reste tranquillement dans sa chambre à attendre leur décision, son destin sera scellé et jamais il ne quittera ce lieu maudit. Il lui faut agir vite. Aussi s'empresse-t-elle de sécher ses larmes et se met-elle en quête d'une échappatoire. La tâche s'avère plus aisée qu'escomptée. L'infirmier a activé la fermeture centralisée de la chambre, mais, dans sa hâte, il n'a pas prêté attention au fait que la petite fenêtre de la salle de bain était restée ouverte. En escaladant une chaise, elle parvient tant bien que mal à se glisser dans l'ouverture. Dès qu'elle se retrouve de l'autre côté, Sophie court en direction du département des expérimentations médicales. Il lui faut retrouver le petit garçon avant qu'il ne soit trop tard et le convaincre de quitter avec elle cet endroit. Sans le traitement, qui sait ce qu'il adviendra d'elle. Mais Liliane a eu raison sur un point : elle se doit de vivre avec ses convictions.

CHAPITRE 9

En laissant Sophie derrière lui, le petit garçon ne peut empêcher la culpabilité de l'assaillir. Il n'aurait jamais dû se montrer si dur envers elle. Elle ne peut pas comprendre. Ce n'est pas de sa faute. Cela vient de son éducation, voilà tout. Il sait bien qu'elle tente de l'aider du mieux qu'elle le peut. Mais elle ne fait que le faire souffrir, encore et encore. Alors, il vaut mieux qu'ils cessent de se voir. Il aurait juste préféré se séparer d'elle en meilleurs termes. Mais elle ne lui a guère laissé le choix.

Quand il remonte dans sa chambre, l'infirmier l'attend. Le petit garçon craint de se faire réprimander, mais il n'en est rien. L'homme en blouse blanche ne mentionne même pas son escapade. Il se contente de lui dire qu'il est temps pour son injection, la première depuis la reprise de son traitement. L'infirmier ne se contente pas de le laisser seul devant la porte de la salle des injections, comme d'habitude. Non, il rentre avec lui, l'installe sur le fauteuil et lui administre lui-même le produit. Le petit garçon n'a pas besoin de demander pour savoir qu'il en sera ainsi dorénavant. Plus question pour lui de tricher ! Et pourtant, il en aurait bien besoin, se dit-il en regardant avec effroi le liquide rouge qui pénètre dans ses veines. Il semblerait que le moment soit venu de payer pour son effronterie. En sentant les effets provoqués par le traitement final, le petit garçon se dit pour la première fois que ces moments passés en compagnie de Sophie n'en valaient pas la peine. Si seulement il avait su, regrette-t-il. Malgré tout, il ne peut pas empêcher ses pensées de vagabonder jusqu'à la jeune fille, jour après jour. Mais ces souvenirs se font de de plus en plus confus au fil des injections. Il ne parvient qu'avec peine à se remémorer les traits de son visage. Puis, un beau jour, il ne souvient même plus d'elle. C'est comme si ce pan de son existence avait cessé d'exister. S'il en avait la force, le petit garçon s'en réjouirait peut-être. Avec elle, toute la souffrance et les regrets qui le rattachait à ce monde se sont enfin envolés. Son corps est malade et ne parvient à le porter qu'avec grande peine, mais son esprit, lui, est libre.

Ce répit n'est que de courte durée. Il s'arrête le jour où, en se rendant à la salle des injections, il remarque deux hommes en blouse blanche emmener un corps recouvert d'un drap sur un brancard. Ce n'est pas là quelque chose qui sort de l'ordinaire. D'habitude, le petit garçon n'y prête pas la moindre attention. Mais, cette fois-ci, quelque chose l'interpelle. Il s'approche du brancard et soulève délicatement le drap. À sa grande surprise, le visage lui est familier. Il s'agit de la petite fille qui, jusqu'à il y a encore peu de temps, déjeunait à ses côtés. C'est à ce moment-là qu'il comprend que, s'il continue ainsi, lui aussi finira comme cela, son corps sans vie emporté dans l'un des recoins de l'hôpital. Il veut vivre, il le réalise maintenant. Il n'a pas envie de mourir ainsi, seul, sans personne pour le pleurer, sans personne pour se souvenir de lui. Il faut absolument qu'il sorte d'ici. Mais cela ne l'empêche pas de se rendre docilement à la salle de traitement pour recevoir son injection quotidienne. Que pourrait-il faire d'autre, de toute façon ? L'infirmier l'attend là-bas. Il retient donc ses larmes et laisse l'infâme liquide rouge se mélanger à son sang et diluer tous ses espoirs de quitter un jour cet endroit. Cette dernière injection était en trop, il le sent. Il ne parvient pas à regagner la chambre de lui-même et l'infirmier doit demander à l'un de ses sbires de l'y conduire en fauteuil roulant. Avant qu'il se fasse emmener, l'infirmier lui signale que, à partir de maintenant, il serait peut-être préférable qu'il prenne ses repas et reçoivent ses injections dans sa chambre. Le petit garçon acquiesce. Il sait ce que cela signifie : la fin est proche. Mais il n'a plus la force de s'y opposer. Il a bel et bien perdu la bataille. À peine a-t-il atteint son lit qu'il laisse un sommeil sans rêves s'emparer de lui.

Lorsque le petit garçon ouvre enfin les yeux, un ange est penché au-dessus de lui. La créature est d'une beauté à couper le souffle. Lorsqu'elle lui sourit, le petit garçon se dit que, finalement, ce n'est peut-être pas si mal de mourir. S'il avait su que le paradis était peuplé de tels êtres, il aurait choisi de quitter cette planète il y a bien longtemps.

— Je suis prêt, lui dit-il.

— Prêt à quoi ?

— À passer de l'autre côté.

Sophie est confuse. Elle ne comprend pas de quoi il parle. Le petit garçon a l'air béat et semble nager en plein délire.

— Écoute-moi. On n'a pas beaucoup de temps. Il faut que tu me suives et que tu viennes avec moi. Maintenant. Je t'expliquerais plus tard. Pour l'instant, il faut que tu me fasses confiance.

— Où est-ce que nous allons ? Au paradis ?

— Au paradis ? Mais de quoi tu parles ? Il faut qu'on sorte de l'hôpital et cela sans tarder.

— De l'hôpital ? Mais je ne suis pas mort ? Tu n'es pas un ange ?

— Non, c'est moi Sophie. Tu te rappelles de moi ?

Le petit garçon secoue sa tête en signe de négation. Sophie soupire. La situation est encore pire que ce qu'elle pensait. Mais, au moins, sa léthargie a du bon. Il la suit sans poser de questions.

Sur le chemin, Sophie ne cesse de se retourner. Le petit garçon a du mal à avancer et, à chaque seconde qui passe, elle est persuadée que le personnel de l'hôpital va surgir pour les arrêter. À sa grande surprise, personne ne se manifeste et ils franchissent le seuil de l'hôpital sans encombre. Une fois hors de l'enceinte de l'établissement, le petit garçon semble miraculeusement avoir retrouvé la mémoire. Il se tourne vers Sophie et lui dit :

— Au fait, je m'appelle Phil.

— Phil et Sophie, dit la jeune fille songeuse. Il ne peut pas s'agir d'un hasard. Il faut croire que nous étions destinés à nous rencontrer.

Phil, qui n'a jamais eu l'occasion d'étudier les langues anciennes, ne comprend pas sa remarque. Mais il acquiesce quand même. Le soleil caresse délicatement sa peau pâle. Un ange lui tient compagnie. Que pourrait-il demander de plus ?

Depuis la fenêtre de son bureau, la directrice observe, un sourire aux coins des lèvres, les deux enfants quitter l'hôpital.

— Que voulez-vous que je fasse ? demande l'infirmier qui se tient à ses côtés. Dois-je prévenir la sécurité ?

— Non, n'en faites rien, lui répond-elle tout en ne lâchant pas du regard sa filleule et son protégé. Ils ont gagné leur liberté, vous ne trouvez pas ?

L'infirmier s'abstient de répondre. Il craint de faire changer sa patronne d'avis. Il se contente donc de l'écouter parler.

— C'est marrant. De loin, j'ai l'impression que c'est ma fille Julia qui quitte l'hôpital. Une chance qu'elle n'a malheureusement jamais eu.

À cette pensée, les regrets saisissent la directrice. Si seulement elle était restée avec sa fille. Si seulement elle ne s'était pas rendue à ce maudit baptême. Elle savait que le moment était mal choisi. Elle aussi avait découverte, peu de temps après sa fille, l'existence des deux jumelles, Céleste et Etoile. Le fait que Charles ait des enfants cachés ne l'avait que guère surprise. Son infidélité était loin d'être un secret. Mais qu'il consente à réaliser des expériences médicales sur ses propres enfants ! Cela elle avait du mal à l'accepter. Mais elle n'avait pas osé lui en toucher mot pour autant. Elle craignait pour sa vie et celle de sa fille. Qui sait de quoi cet homme était capable.

Elle s'était promise que, à son retour du baptême, elle s'enfuirait avec sa fille sous le bras. Il fallait impérativement qu'elle la protège des manigances de son père. Malheureusement, quand elle est rentrée, il était trop tard. Julia avait décidé, malgré les avertissements et les promesses de sa mère, de prendre les choses en main. Charles avait prétexté que cette dernière avait succombé à une infection foudroyante. Elle avait fait semblant d'y croire puis avait confronté son mari dans son bureau, un pistolet sur la tempe. Diane se souvient de ce moment comme si c'était hier. De sa victime qui, sans la moindre peur, la regardait dans les yeux en lui maintenant qu'elle n'aurait jamais le cran de tirer. Et de la surprise, puis de l'effroi, qui ont traversé son regard quand elle a appuyé sur la gâchette. Il faut croire qu'il la connaissait mal. Pour sa fille, elle était prête à tout. Elle s'était jurée de se venger des deux personnes qui lui ont volé son enfant. Son mari n'a pas attendu. Maintenant, c'est au tour d'Armand. La directrice se tourne vers l'infirmier avant de lui demander :

— Veuillez prévenir le ministre de la santé que sa fille a malheureusement succombé des suites d'une attaque virale. Bien évidemment, vous préparerez tous les documents nécessaires.

Sa vengeance est maintenant complète. Une revanche tout à fait appropriée. À l'exception que, contrairement à sa propre fille, Sophie est bel et bien vivante. Mais cela, ses parents ne le sauront jamais. Et c'est cela qui importe.

Avant de partir exécuter les ordres de la directrice, l'infirmier jette un dernier coup d'œil aux deux enfants. Pour lui aussi, cette vision lui rappelle bien des souvenirs. Il se souvient avec nostalgie du moment où il a accompagné Julia et ses deux sœurs hors des murs de l'hôpital. Il n'avait pas pu se résoudre à leur injecter le produit euthanasiant et leur avait donc aidé à prendre la poudre d'escampette. Bien évidemment, il ne l'avait pas avoué à Charles, ni à quiconque d'ailleurs. Plusieurs années après, Julia était entrée en contact avec lui. Elle avait rejoint la révolution et voulait savoir s'il serait d'accord de leur servir d'espion. Il avait accepté. Il n'avait jamais rien pu refuser à Julia.

En sortant de la pièce, l'infirmier s'empresse d'envoyer un message à Julia afin qu'elle récupère les deux enfants. Il se demande s'il devrait en parler à la directrice. Mais cela, c'est à Julia d'en décider. Elle n'a jamais voulu reprendre contact avec sa mère, qu'elle juge aussi coupable que son père. Jusqu'à il y a peu, l'infirmier partageait son avis. Mais, après tout, peut-être se sont-ils trompés.

NOTE FINALE

Si vous lisez ces mots, cher lecteur, cela veut dire que vous avez vu le livre tout entier. Vous ne pouvez pas vous rendre compte de la joie que cela me procure, de savoir qu'un autre être humain a été témoin de l'histoire qui a pris vie dans mon imagination, avant de venir hanter les pages de ce livre. Si celui-ci vous a plu, n'hésitez pas à laisser un commentaire et à en parler autour de vous. Votre aide sera grandement appréciée !